KT-482-301

Élégie funèbre

W[illiam]
S[hakespeare]

Élégie
funèbre

ÉDITION, INTRODUCTION ET NOTES
PAR DONALD W. FOSTER

TRADUIT DE L'ANGLAIS
PAR LUCIEN CARRIVE

LA POSTE DP EST
BIBLIOTHEQUE
21, rue Bréguet - 75011 PARIS
Tél. 01 43.1.51
Minitel 01.13.18

LE GRAND LIVRE DU MOIS

TITRE ORIGINAL

A Funeral Elegy

Tous droits réservés pour tous pays.
© 1996, Éditions Stock.

À la mémoire de mon bien-aimé grand-père,
le Français Clarence Garachet.

D.W.F.

INTRODUCTION

LA POSTE - DP EST
BIBLIOTHÈQUE
21, rue Bréguet - 75011 PARIS
Tél. 01.43.14.14.51
Minitel 01.43.14.13.18

Un meurtre à Exeter

Le samedi 25 janvier, à 7 heures du soir, William Peter fut assassiné. C'était en 1612.

De bonne heure ce jour-là, vers 10 heures du matin, John et Edward Drew, de Broadclyst, accompagnés de leur laquais irlandais, quittèrent à cheval leur domaine de Killerton pour aller passer un après-midi de plaisirs d'hiver dans la ville voisine d'Exeter. Les deux frères qui se dirigeaient ainsi vers la ville étaient l'image même d'élégants de la Renaissance, John tout en noir, son frère aîné Edward en manteau blanc et chapeau blanc. Tous deux avaient l'épée au côté, et tous deux étaient excellents cavaliers.

Arrivés à l'auberge d'Oxford, juste en dehors de la porte de l'Est, les Drew descendirent de cheval pour prendre un verre. Comme ils s'attardaient, l'aubergiste, Giles Geal, proposa à l'aîné des Drew de lui vendre un petit cheval de belle apparence. Edward demanda à l'essayer. Alors qu'il se mettait en selle, son frère John lui demanda où il allait. Edward répondit qu'il irait chez Will Peter pour « lui chercher querelle au sujet d'un achat de cheval ».

Edward partit au galop, passant devant la chapelle Sainte-Anne, puis prenant la large route de Sainte-Sidwell pour gagner le manoir des Peter, situé à environ deux miles à l'est, et qui s'appelait Whipton House. A son arrivée, un domestique, William Johns, lui ouvrit la porte. Les Peter étaient encore en train de déjeuner, mais en apprenant qu'il avait une visite, Mr Peter se leva, alla à la porte et le fit entrer. Drew pressa son ami de venir avec lui à Exeter. Aussi pendant que Johns, le domestique, préparait son cheval, Peter mit ses bottes, prit sa rapière et son manteau, puis salua sa femme et accompagna Drew à la ville. Quand ils arrivèrent de nouveau chez Geal, devant la porte de l'Est, John Drew était parti. Il s'était rendu dans la ville, portant le manteau blanc qu'Edward avait laissé à l'auberge. Après s'être arrêté chez Alexander Osborne pour quelque affaire urgente, il était allé chez un fourbisseur d'armes dans le dessein de changer son épée contre une rapière. Mais il ne put s'entendre avec le fourbisseur sur le prix et il revint finalement à l'auberge d'Oxford, où il trouva son frère et Will Peter en train de boire ensemble.

Au bout de trois quarts d'heure, Peter et les deux Drew repartirent à cheval pour la ville, chez Peter Chapman, où ils commandèrent une autre tournée. Edward, qui trouvait beau le cheval de Will Peter, proposa de l'échanger contre le sien, mais Peter refusa la transaction. Ils payèrent leur dû et se rendirent à l'auberge de l'Ours, dans Southgate Street, au coin de la ruelle de l'Ours. Au lieu d'entrer dans la salle à manger, Peter et les Drew descendirent à la cave, où ils demandèrent une quarte de vin des Canaries. Alice Drake, la femme de l'aubergiste, apporta le vin, avec deux pains de biscuit. Elle se préparait à les servir, quand Edward Drew « jura un grand juron » et lui dit que si elle posait les pains sur la table, il les jetterait à terre. Peter, apparemment gêné par la conduite de son ami, dit : « Je vais prendre un morceau de biscuit, car j'aime beaucoup cela. » Mrs Drake lui donna un des pains, le rompit, et emporta l'autre. Au retour de l'hôtesse, quelques minutes plus tard, l'aîné des Drew se mit à « lui tenir des propos très libres », ce dont, déclara-t-elle plus tard, elle ne fut « pas contente ». Peter s'interposa de nouveau en disant : « Ne le prenez pas mal, il dit n'importe quoi » – sur ce, Edward se leva brusquement et se dirigea vers la porte. John Drew voulut le suivre. Mais quand Peter lui demanda s'il ne finirait pas d'abord son vin, John vint se rasseoir. Son frère aîné sortit à grand fracas, hochant la tête sans rien dire et « avec un air assez violent ». C'est vers ce moment-là qu'il ordonna à son laquais irlandais de retourner au château de Killerton. Peter, pendant ce temps, était resté avec le cadet des Drew dans la cave de Mrs Drake pour finir le vin. Il paya alors leur dépense et sortit avec John par la porte de derrière. Edward, revenant à la cave un peu plus tard et trouvant ses deux compagnons partis, les rejoignit dans l'écurie.

Reprenant leurs montures, les trois amis se rendirent au Dauphin, juste au bout de Billeter Lane. Peter s'arrêta d'abord à la Sirène, de l'autre côté de la rue, pour demander à John Rowell, un des domestiques du lieu, de promener son cheval.

Pendant ce temps, les Drew entrèrent au Dauphin. Ils saluèrent l'aubergiste, George Northvale, et montèrent dans une des grandes salles réservées aux clients les plus distingués, où ils trouvèrent Sir Edward Seymour en train de faire une partie de cartes avec des amis.

Peter et les Drew restèrent près d'une heure au Dauphin. Ils burent encore quelques pots de bière, et du vin en compagnie de Sir Edward. Puis, comme ils s'apprêtaient à partir, l'aîné des Drew aperçut William Short, un des domestiques de Northvale, en train de faire un château de cartes. Drew s'approcha de lui, prit une dernière gorgée de bière et la recracha sur la table, renversant les cartes, puis quitta la salle en riant. Ceci, semble-t-il, lui valut une nouvelle réprimande de Will Peter ; on les vit, en sortant, se pousser l'un l'autre dans l'escalier.

Peter traversa la rue pour aller à la Sirène reprendre son cheval à Rowell tandis que les Drew entraient dans la cour de Northvale pour y reprendre les leurs. Il était presque 7 heures du soir et il faisait nuit. Peter passa devant l'enseigne de la Sirène et entra dans la cour. Il donna un pourboire à Rowell pour avoir promené son cheval, se mit en selle et il s'apprêtait à partir quand il vit Mr Harries, qu'il connaissait, lui aussi à cheval. Pendant que Peter et Harries bavardaient à la lumière d'une lanterne dans la cour de l'auberge, arrivèrent John et Edward Drew qui, en entrant dans la cour de la Sirène, commandèrent encore deux pots de bière. On apporta la bière, et ils burent le premier pot avec Peter et Harries, les quatre hommes restant en selle. Mais Edward Drew et Peter, sans dire un mot, mirent leur cheval en travers une douzaine de fois ou davantage pour s'empêcher l'un l'autre de passer – ce qui conduisit certains spectateurs à supposer qu'il y avait quelque « mécontentement » entre eux. Peu après, ils repartirent, laissant le second pot de bière intact.

Comme ils retournaient chez eux, Will Peter était en tête, suivi par John et Edward. Il faisait tout à fait noir, mais ils traversèrent la ville au grand galop, prenant la Grand-Rue et sortant par la porte de l'Est. Edward cria à son frère : « Il va vite, mais j'irai plus vite que lui et je lui donnerai une estafilade avant qu'il soit arrivé. »

Inquiet, John cria à son tour : « Non, mon frère, ne lui fais pas de mal. » Mais Edward ne fit que pousser son cheval plus vite le long de la route de Sainte-Sidwell. John lui aussi força l'allure mais sans pouvoir le suivre. Il y avait juste assez de lumière, quand Edward rattrapa Will Peter près de la chapelle Sainte-Anne, pour que John aperçût son frère tirant l'épée avant qu'il ne disparaisse dans les ténèbres.

Un instant plus tard, il entendit le bruit d'une chute : Peter et son cheval étaient tombés de la chaussée empierrée dans la boue.

Plus loin sur la route, Edward arrêta son cheval. Il attendit que John le rattrape, et il lui dit, mensongèrement : « Je crois que Will Peter a fait une chute. » Comme il faisait trop noir pour y voir, ils appelèrent Peter, sans obtenir de réponse. Mais à peu de distance, près de la chapelle Sainte-Anne, quelqu'un debout devant une porte tenait une chandelle allumée, à un endroit où quelques personnes étaient assemblées dans l'obscurité. John, espérant que Peter était parmi eux, proposa qu'ils s'approchent pour voir ce qu'il en était. Mais tandis que John – portant toujours le manteau blanc de son frère – avançait vers cette porte éclairée, Edward resta caché dans l'ombre à côté d'un grand calvaire qui était près de la chapelle. Ou, si nous pouvons en croire la déposition que fit Edward plus tard, c'est lui qui s'approcha, portant lui-même son manteau, tandis que John restait en arrière. Dans le tissu de mensonges qui s'ensuivit, chacun des deux frères revendiqua ce rôle.

Cette maison appartenait à une certaine Mrs Stuckeys. L'homme qui se tenait à la porte avec une chandelle était son fils, John Rogers. George Seleg, un fermier du lieu, était venu demander à Mrs Stuckeys si sa femme se trouvait chez elle, mais celle-ci n'avait reçu personne ce soir-là. C'est pendant que Seleg, Mrs Stuckeys et son fils John causaient que l'un des deux Drew s'approcha (mais lequel, ils ne purent par la suite le dire), et, sans descendre de cheval, leur demanda s'il y avait un gentilhomme chez eux. Ils lui répondirent : « Non. » Mais ni John ni son frère Edward, à ce qu'ils racontèrent plus tard, « ne demanda une chandelle pour aller voir ce qu'il était advenu de Will Peter ». Ils se contentèrent de continuer leur chemin vers Whipton. En route, juste avant le tournant de la chaussée près de Whipton House, ils trouvèrent le cheval de Peter, arrêté sur la route. John suggéra qu'ils reviennent une fois de plus sur leurs pas pour aller à la recherche de leur ami. « N'as-tu pas vu en passant Will Peter couché sur le sol ? » demanda Edward. John n'avait rien vu. « Moi si », dit Edward. John demanda s'ils ne feraient pas bien de se porter à son secours. « Ne t'en occupe pas ! » – et John, qui avait peur de son frère aîné, obéit. En le tenant par la bride, Edward mena le cheval de Peter à Whipton House. « Si on s'enquiert de Mr Peter, dit John, qu'est-ce que tu répondras ?

– Ils n'ont qu'à le chercher », répliqua Edward.

En arrivant à Whipton House, Edward Drew frappa à la porte d'un coup de botte sans descendre de cheval. Cette fois-ci, ce fut certainement John Drew qui resta dans l'ombre pour ne pas être vu. Quand William Johns répondit, il ne vit que le cheval de son maître sans cavalier, et Edward Drew à côté. Johns demanda où était son maître. Drew répondit : « Il va bientôt arriver. » Puis il se retourna, donna de l'éperon à son cheval et partit.

Edward rejoignit son frère John, et les deux hommes continuèrent en silence jusqu'à leur domaine de Killerton. Mais une fois qu'ils furent couchés et la lampe éteinte, Edward dit qu'il espérait que Will Peter n'était pas mort, et que s'il n'était pas mort, il était peut-être allé retrouver Sir Edward Seymour. John lui demanda pourquoi il avait frappé Peter. Edward répondit sèchement : « Est-ce que ça te regarde ? » – mais il ajouta, quelques minutes plus tard : « Plaise à Dieu que Mr Peter n'ait rien. »

Le cadavre de Peter fut retrouvé ce soir-là, au bord de la chaussée, et ramené dans la demeure de Roger Fishmore, où on s'empressa de le recouvrir d'une couverture. L'agitation du voisinage dura presque toute la nuit. Robert White informa ses voisins, les Stockman. Quelqu'un d'autre partit à cheval apporter la nouvelle à la ville. Une petite foule s'assembla. Personne, cependant, ne voulut découvrir le cadavre, mais, à 4 heures du matin passées, John Garland, l'aubergiste de la Sirène, vint demander s'il avait des blessures visibles. Le jeune Bowyer apporta une chandelle, repoussa la couverture et souleva la tête de Peter. Il trouva sans peine la blessure : Drew avait frappé son ami à la nuque, enfonçant la pointe de sa petite épée profondément dans le crâne de Peter. Agnes Stockman déclara plus tard que le sol était inondé de sang.

Dans la matinée, après en avoir discuté avec William Johns, un officier municipal se rendit à Killerton. Il frappa à la porte et réclama Edward Drew. A l'intérieur, John Drew demanda à son frère ce qu'il ferait si Will Peter était mort. Edward répondit par une menace voilée : « Mon frère, fais attention et ne révèle surtout pas ce que tu sais de cette affaire. » Il sortit alors sans un mot, et une fois dehors il fut arrêté et on envoya prendre son cheval. John, pensant qu'il ferait bien de l'accompagner, alla lui aussi chercher son cheval – et dans le verger, avant de partir, Edward lui dit, comme une sorte de révélation tardive : « J'ai cru voir Will Peter couché sur le sol ! » John garda le silence.

La sentence du jury du coroner fut une inculpation d'assassinat contre l'aîné des Drew, John Drew étant désigné comme complice par assistance. La mise en jugement des prisonniers aux assises eut lieu dans la première semaine de mars, mais les juges arrivèrent et repartirent sans que les Drew aient comparu. Aux assises suivantes, en juillet, Walter Carkisse, négociant à Exeter, fut jugé, condamné et pendu pour le meurtre de son apprenti ; un certain Robert Adams fut pendu pour acte de piraterie. John et Edward Drew échappèrent à la peine capitale.

Des cadeaux d'argent peuvent y avoir contribué. La famille

Drew offrit – en vain, semble-t-il – une « somme équitable » à Margaret Peter si elle consentait à solliciter la clémence de la cour lors du procès du meurtrier de son mari, et il se peut que les largesses de la famille se soient étendues aussi à d'autres. Quel qu'en ait été le prix, les Drew réussirent à sauver la vie d'Edward. Peut-être parce que la famille était fortement alliée aux autorités judiciaires, Edward fut condamné pour meurtre sans préméditation et put invoquer le « bénéfice de clergie » (droit accordé aux auteurs d'un premier meurtre d'échapper à la peine de mort s'ils savaient lire et s'ils n'étaient pas reconnus coupables de meurtre avec préméditation). Mais une tradition familiale, chez les Drew, affirme qu'Edward s'évada de prison et s'enfuit aux colonies – et le registre des actes du conseil de ville d'Exeter offre ce qui est peut-être une confirmation indirecte de cette histoire. On s'évadait fréquemment de la maison d'arrêt d'Exeter. Il semble bien que tant Robert Sperk, gouverneur de la prison à l'époque du meurtre de Peter, que son successeur John Ackland, passaient autant de temps à courir après les prisonniers qu'à les surveiller. En 1613, le conseil finit par effectuer des réparations au bâtiment. Quand cela même se révéla insuffisant pour garder les prisonniers derrière les barreaux, le conseil, en 1615, créa une dotation permanente pour les frais de poursuite et de capture des évadés [1].

1. Cette version de la fuite d'Edward Drew vient de Mr et Mrs Frank Drew, de Duncan (Colombie britannique) (lettre du 2 janvier 1996). Si Edward Drew s'évada de prison et s'enfuit dans les colonies d'Amérique, il revint finalement en Angleterre, car il mourut de mort naturelle en 1637 chez son frère, Thomas. John Drew, son frère cadet, mourut en 1614, quelques jours seulement après sa mère, et fut inhumé avec elle dans le village voisin de Broadclyst. La date et le lieu des inhumations sont tirés des registres paroissiaux conservés aux archives de comté du Devon, à Exeter, et d'anciennes généalogies de la famille Drew.

C'est à William Martyn que nous devons le récit détaillé des derniers moments de William Peter et des recherches minutieuses sur sa mort[1]. Il était de son devoir, comme juge municipal d'Exeter, de diligenter l'enquête après décès. Martyn s'acquitta de sa charge avec beaucoup de soin, rassemblant ce qui constituait pour cette époque une enquête criminelle exceptionnellement détaillée, même si elle était assez peu méthodique. La mort de Peter semble avoir fait sur lui une impression durable. Pendant qu'il procédait à son enquête (qui ne se termina que le 30 mars), Martyn écrivit une longue lettre à son fils Nicholas, alors étudiant au collège d'Exeter à Oxford, celui-là même où William Peter avait fait ses études. Son travail achevé, Martyn publia son épître sous le titre *L'Instruction de la jeunesse* (inscrite dans le registre des libraires de Londres le 9 avril). En pensant peut-être à la mort prématurée de Peter, Martyn rappelle à son fils que « lorsque Alexandre le Grand était ivre, il causa la mort de son ami le plus intime, Clytos ». Martyn s'en prend aux « bretteurs à coups de hache, cabotins impudents, ivrognes dégoûtants, propriétaires ignobles d'exécrables bordels et chenapans capables de tout », avertissant son fils que « le Tout-Puissant [...] ne [l']a pas placé sur le théâtre du monde pour en satisfaire (comme un acteur imbécile) les désirs[2] ». Afin de garder un souvenir constant de la mort de Peter, Martyn

---

1. Pour la relation que fait Martyn des derniers moments de Peter et de l'enquête qui s'ensuivit, voir Exeter City Muniments, lettre 145, aux archives de comté du Devon (Devon Record Office, Exeter). Le récit résumé qui en est ici donné est fondé sur D. Foster, « A Killing in Exeter », in *Elegy by W.S. : A Study in Attribution* (Cranbury, New Jersey : Associated University Presses, p. 11-16).
2. William Martyn, *Youths Instruction*, Londres, J. Beale, 1612, sig. B1r°, F3v°-F4v°, K1r°.

---

demanda ensuite au conseil de ville d'Exeter l'épée d'Edward Drew. L'instrument du meurtre avait été confisqué en tant que bien d'un criminel condamné, mais il fut officiellement offert à Martyn en reconnaissance de ses services par un ordre du conseil du 6 juin 1612.

Peu après la mort de Peter, il courut une histoire, relatée par Tristram Risdon dans son *Tableau du Devon* (écrit tout au long des années 1605 à 1630), selon laquelle le portrait de William Peter se détacha du mur peu de temps avant sa mort, causant une déchirure de sa tête à l'endroit exact où il reçut plus tard la blessure mortelle [1]. Ce portrait légendaire a disparu. Cependant il en subsiste deux autres. L'un est sculpté en pierre sur le monument funéraire de la famille Peter, érigé en 1608 par John Peter, le frère aîné de William, à la mémoire de leur père Otho. Ce monument existe toujours dans la chapelle Peamore de l'église Saint-Martin à Exminster, à quelque trois miles de Bowhay. Le tombeau est surmonté de trois écussons –, les armes des Peter à l'extrémité ouest, celles des Southcott à l'est, et au milieu celle des Peter jointes à celles des Southcott. Plus bas à gauche, tournés vers le centre et à genoux, sont Otho Peter et ses deux fils, John et William. A droite, leur faisant face, sa femme Frances (née Southcott) et sa fille Elizabeth. Deux chérubins féminins sont à genoux au-dessus d'eux, au sommet du monument, et au-dessous d'eux se trouve une inscription gravée sur une plaque de cuivre où l'on voit encore une fois les armes des Peter, avec des vers latins (évidemment l'œuvre de John) qui jouent sur le nom de

---

1. Tristram Risdon, *A Choreographical Description or Survey of the County of Devon (1605-1630)*, Londres, Rees and Curtis, 1811, p. 119.

Peter[1]. Ces sept personnages sont conventionnels, sculptés d'une main malhabile, et les traits en sont largement effacés. Le personnage le plus à gauche, représentant le fils cadet d'Otho, William, a perdu ses mains et le bas des jambes.

L'autre « portrait » de William Peter à avoir survécu fut exécuté à l'encre. Il ne s'agit pas d'un dessin, mais d'un poème commémoratif en l'honneur d'un jeune homme dont les nombreuses et heureuses qualités furent partiellement éclipsées par les circonstances de sa mort. L'*Élégie funèbre en Vertueuse Mémoire de feu Mr William Peter* fut écrite en février 1612 par un certain « W.S. », et imprimée à compte d'auteur dans une édition qui ne compta peut-être pas plus d'une douzaine d'exemplaires. Ce poème, jamais mis en vente en librairie, fut vite oublié. Il en subsiste deux exemplaires, tous deux à Oxford – l'un à la Bibliothèque bodléienne, l'autre dans la bibliothèque du collège de Balliol – mais jusqu'à tout récemment, à peu près personne ne porta la moindre attention au poème de W.S. L'élégie sur Peter n'était que l'un parmi plusieurs centaines de poèmes funéraires du XVIIe siècle qui s'empoussiéraient sur des rayonnages de bibliothèque, sans intérêt particulier pour le lecteur moderne. Puis, en janvier 1996, sept ans après que cette élégie fut entrée dans les études littéraires et presque quatre siècles après la mort de Peter, le poème oublié de W.S. devint tout d'un coup un événement de portée mondiale – non à cause de Peter, ni même parce que cette élégie est un « grand » poème, mais parce que

---

1. Puisque *Peter* est la forme latine du nom, donné à lui par Jésus, de l'apôtre Simon-Pierre. Voir vers 320 de l'*Élégie*.

l'accumulation des indices oblige maintenant à croire que l'*Élégie funèbre* a été écrite par William Shakespeare.

L'*ÉLÉGIE FUNÈBRE* : TEXTE, DATE, AUTHENTICITÉ

L'*Élégie funèbre* est un travail quelque peu hâtif. Le jeudi 13 février 1612, seulement dix-neuf jours après la mort de William Peter, l'inscription suivante fut faite sur le registre des libraires à leur siège de Londres :

> Thomas Thorp. Enregistré comme étant sa propriété sous la signature des gouverneurs, un livre qui sera imprimé quand il recevra l'autorisation ultérieure, intitulé *Élégie funèbre en Vertueuse Mémoire de feu Mr William Peter de Whipton près Exeter* [1].

Thomas Thorp, libraire à Londres, est surtout connu aujourd'hui pour avoir publié les *Sonnets* de Shakespeare. Bien qu'il n'ait jamais été assez heureux pour pouvoir avoir un magasin à lui, Thorp était membre d'un consortium officieux qui, pendant de nombreuses années, entretint des rapports de travail étroits avec la compagnie dramatique à laquelle appartenait Shakespeare, les *King's Men*. Thorp était principalement associé

---

1. Edward Arber, éd., *A Transcript of the Registers of the Company of the Stationers of London, 1554-1640 A.D.*, 5 vol., Londres, 1875-1894, vol. 3 (2876), p. 216.

avec Edward Blount, William Aspley et Walter Burr, les éditeurs des in-quarto autorisés de Shakespeare. En son propre nom, Thorp publia des textes des dramaturges George Chapman, John Marston et Ben Jonson, divers ouvrages d'amis et parents de confrères de Shakespeare au théâtre du Globe, y compris Thomas Wright, Tom Coryate, Richard Martin et Theophilus Field, deux écrits posthumes de Christopher Marlowe, et divers livres et brochures d'actualité, en général des textes religieux ou des récits de voyage.

C'est en 1984, tandis que je me livrais à des recherches sur l'activité d'éditeur de Thorp, que je lus pour la première fois l'*Élégie funèbre*. Je ne m'attendais pas à trouver la moindre parenté entre « W.S. » et Shakespeare, mais je fus frappé dès ma première lecture par la fréquence des échos, chez le poète élégiaque, de textes shakespeariens – à commencer par la dédicace en prose à John Peter, qui suit de très près la dédicace par Shakespeare du *Viol de Lucrèce* au comte de Southampton. Le poète, « W.S. », était, c'est le moins qu'on puisse dire, un ardent imitateur de Shakespeare – et quelqu'un qui connaissait à fond ses pièces de théâtre et ses poèmes, y compris des pièces qui n'étaient pas encore imprimées en 1612. Intrigué, je fis une transcription du texte et j'entamai une étude plus attentive de l'*Élégie funèbre*, en me demandant si ce poème ne pourrait pas être de Shakespeare.

On trouve tout au long de l'*Élégie* un style et une phraséologie qui sont nettement, et souvent particulièrement, shakespeariens. Quelques exemples, tirés d'une seule et même pièce, *Richard II*, pièce de jeunesse (vers 1595), pourront contribuer à éclairer ce point. Quand W.S. parle de la mort de Peter, il écrit avec tristesse que :

[...] such as do recount that **tale of woe,**
Told by remembrance of the **wisest heads,**
Will in the end conclude the matter so,
As **they will all go weeping to their beds** [1].

(*Élégie*, 167-170)

W.S., avec son « wisest heads » établit ici une association d'idées entre les gens « wisest » et un triste souvenir, ce qui est habituel chez Shakespeare : dans *Le Songe d'une nuit d'été*, on nous parle de « The **wisest aunt** telling **the saddest tale** » (le *Songe*, 2, 1, 51). Dans *Hamlet*, Claudius professe hypocritement honorer son frère mort « with **wisest sorrow,** / Together with remembrance of ourselves », et plus tard, après la mort de Polonius, il console Gertrude en lui disant « we'll call up our **wisest friends** / And let them know » *Ham.*, 1, 2, 6-7 ; 4, 1, 38-39). Dans *Le Conte d'hiver*, un courtisan qui a assisté aux retrouvailles de Perdita et de son père rapporte que « The **wisest beholder,** that knew no more but seeing, could no say if th'importance were joy or sorrow » (*Le Conte d'hiver*, 5, 2, 16-18). Plus remarquable est le fait que les vers de l'élégie cités ci-dessus sont une reprise du discours d'adieu que le roi Richard adresse à sa reine [2] :

---

1. Il est évident que, s'agissant d'échos verbaux et non simplement de similitudes de pensées ou même d'images, il eût été absurde de traduire ces citations, soit de l'*Élégie*, soit de Shakespeare.
On a toutefois tenté d'indiquer ces concordances par des « échos graphiques » (*NdE*).
2. Sauf indication contraire, toutes les citations de Shakespeare sont prises dans *The Riverside Shakespeare*, Boston, Houghton Mifflin, 1974.

*[...] let them tell thee **tales***
***Of woeful ages** long ago betid ;*
And ere thou bid good night, to quite their griefs,
Tell thou the lamentable tale of me,
*And **send the hearers weeping to their beds***

(*R2*, 5, 1, 41-45)

Dans cette même scène, la reine compare le roi à une belle auberge, et Bolingbroke à un cabaret vulgaire. Cette métaphore réapparaît dans l'élégie de W.S., où elle est exprimée en termes voisins, des qualités morales jouant dans les deux cas le rôle de ceux qui y logent :

[...] his mind and body **made an inn**
The one **to lodge the other**, both like fram'd
For fair conditions, **guests** that soonest win
Applause...

(*Élégie*, 113-116)

*[...] thou **beauteous inn**,*
*Why should hard-favor'd grief **be lodg'd in thee***
*When triumph is become an alehouse **guest** ?*

(*R2*, 5, 1, 13-15)

On ne peut affirmer avec certitude que c'est ce passage qui a inspiré W.S., car il peut avoir trouvé quelque chose de semblable ailleurs – la conception, chez le poète élégiaque, de l'esprit comme client dans l'auberge de la chair, par exemple, a un précédent précis dans *Le Viol de Lucrèce*, et se trouve aussi dans des textes non shakespeariens – mais pourtant, considérée dans le contexte de nombreuses autres correspondances de vocabulaire et de phraséologie, la relation textuelle entre *Richard II* et l'élégie devient manifeste. Les nombreuses répétitions qu'on trouve dans l'élégie démontrent que non seulement W.S. connaissait cette pièce de Shakespeare, mais qu'il avait dû en fréquenter très récemment le texte :

Oblivion [...]
Cannot **rase out** the lamentable tomb
Of his short-liv'd deserts
$\qquad$ (*Élégie*, 9-12)
[...] *'tis to my meaning*
To rase *one title of your honor* **out**
$\qquad$ (*R2*, 2, 3, 74-75)

His younger years gave comfortable hope
To hope for comfort **in his riper youth**
$\qquad$ (*Élégie*, 51-52)
[...] *hope, which* **elder years**
May happily bring forth
[. . . . .]
Which elder years shall ripen *and* confirm
$\qquad$ (*R2*, 5, 3, 21-22 ; 2, 3, 43)

To spend **his spring of days** in sacred schools
(*Élégie*, 73-74)
*Well, bear you well in this **new spring of time***
(*R2*, 5, 2, 50)

As **nature never built** in better kind
(*Élégie*, 108)
[...] ***built by Nature*** *for herself*
(*R2*, 2, 1, 43)

Of **true perfection**, in a **perfect breast**
(*Élégie*, 112)
Truth *hath a **quiet breast***
(*R2*, 1, 3, 96)

When the proud height of **much affected sin**
Shall ripen to **a head**
(*Élégie*, 175-176)
[...] ***foul sin*** *gathering **head***
Shall break into corruption
(*R2*, 5, 1, 58-59)

Then **in a book** where every word **is writ**
(Élégie, 179)
*When I do see **the very book** indeed*
*Where all my sins **are writ***
(R2, 4, 1, 274-275)

And we **low-level'd** in a narrow **grave**
[............................]
And **buried in that hollow** vault of woe
(Élégie, 194, 550)
[...] lie full low, grav'd in the hollow ground
(R2, 3, 2, 140)

Although I could not learn, whiles yet thou wert,
To speak the language of **a servile breath,**
My truth stole **from my tongue into my heart,**
Which shall not thence be sund'red but in **death.**
And I confess my love **was too remiss**
(Élégie, 209-213)
*[...] we **are too remiss,***
Whilst Bolingbroke, through our security,
Grows strong and great in substance and in power.
[................................]
*Where fearing dying pays **death servile breath***
(R2, 3, 2, 33-35 ; 184-185)
[................................]
***What my tongue** dares not, **that my heart** shall say*
(R2, 5, 5, 97)

[...] in a narrow **grave**
What can we leave behind us but a name,
Which, **by a life well led,** may **honor have** ?
                          (*Élégie,* 194-196)
Convey me [...] *to my* **grave** *;*
Love they **to live** *that love and* **honor have**

                          (*R2,* 2, 1, 136-137)

Fair lovely **branch** too soon **cut** off

                          (*Élégie,* 234)
[...] **branches** *by the Destinies* **cut** *;*
[. . . .]
One flourishing **branch**...
Is hack'd down

                          (*R2,* 1, 2, 15-20)

Ruling the little ordered **commonwealth**
Of his own self [...]
Which ever he maintain'd in sweet content
And pleasurable rest, wherein he joy'd
A monarchy of comfort's **governement**

                          (*Élégie,* 294-299)
Cut off the heads of too fast growing sprays,
That look too lofty in our **commonwealths** *:*
All must be even in our **government**

                          (*R2,* 3, 3, 34-36)

The Grave – that in his ever-empty **womb**
Forever closes up the unrespected
(Élégie, 423-424)

[...] *a grave*
*Whose hollow **womb** inherits nought but bones*
(R2, 2, 1, 82-83)

Feeds on the bread of rest
(Élégie, 444)

Eating the bitter bread of banishment
(R2, 2, 1, 82-83)

« He **died in life**, yet **in his death he lives** »
(Élégie, 536)

*In that **I** live, and in that **will I die***
(R2, 3, 1, 21)

Expecting yet a more **severer doom**
(Élégie, 551)

[...] *for thee remains **a heavier doom***
(R2, 1, 3, 148)

[...] in despite of **fearful change**
(Élégie, 569)

[...] *prophets whisper **fearful change***
(R2, 2, 4, 11)

Bien que des parallèles verbaux isolés ou indépendants ne puissent suffire à identifier un auteur, pris ensemble, les exemples que nous venons de donner permettent raisonnablement de penser que W.S. connaissait *Richard II*. En outre, le genre d'emprunt qui est manifeste dans cette élégie – et qui comporte toujours une adaptation de l'expression – est typique de la façon dont Shakespeare se fait des emprunts à lui-même. Les affinités qu'on trouve entre l'*Élégie* et *Richard II* paraissent moins l'œuvre d'un imitateur ou d'un plagiaire que celle de Shakespeare en train de se répéter inconsciemment selon son habitude – comme en témoignent les nombreux échos de *Richard II* qui s'entendent dans *Troilus et Cressida* (1601), *Macbeth* (1606) et *Henry VIII* (1612-1613[1]), trois pièces écrites longtemps après *Richard II* mais qui n'en sont pas moins nettement influencées par celle-ci – comme le montrent les nombreuses répétitions nettement repérables que fait le poète.

Le 30 avril 1611, au théâtre du Globe, le Dr Simon Forman vit la troupe de Shakespeare dans une pièce dont le sujet était Richard II – non le *Richard II* de Shakespeare, mais une pièce qui portait sur les premières années du règne du roi Richard[2]. Les historiens du théâtre ont supposé que la pièce que Forman avait vue aurait pu être suivie dans le répertoire du théâtre, quelques mois plus tard, par le *Richard II* de Shakespeare, les pièces historiques étant d'ordinaire reprises

---

1. L'année commençant à cette époque plus souvent au jour de l'Annonciation, le 25 mars, qu'au 1ᵉʳ janvier, on donne sous cette forme les deux millésimes, « ancien style » (1612) et « nouveau style » (1613).
2. Bibliothèque bodléienne, MS Ashmole 208.

dans l'ordre chronologique des événements. Selon cette théorie, le *Richard II* de Shakespeare aurait été de nouveau monté à la fin de 1611 ou au début de 1612 – après le « Richard II » vu par Forman, mais avant la reprise (attestée) de la première partie de *Henry IV* en 1612-1613.

Nous avons aujourd'hui une confirmation de ce que *Richard II* était bien revenu au répertoire de la troupe de Shakespeare à l'époque de la mort de William Peter. Des travaux récents ont montré que le *Richard II* de Shakespeare fut, presque certainement, repris non seulement en 1601 (comme on le savait) mais en 1605-1606 et de nouveau en 1611-1612[1]. Ces reprises tardives expliquent pourquoi *Richard II* était si présent à l'esprit du poète quand il se mit à composer l'*Élégie funèbre* (en février 1612) et *Henry VIII* : comme à son ordinaire, Shakespeare, en écrivant un nouveau texte, se rappelait le langage que lui et ses compagnons avaient si récemment répété sur scène.

C'est aussi au Globe, en 1611, que Simon Forman assista à des représentations de *Macbeth*, de *Cymbeline* et du *Conte d'hiver* – ce qui explique que ces pièces, elles aussi, soient si souvent répétées dans l'élégie sur Peter : Shakespeare, en écrivant, a tendance à reprendre des mots et des expressions dans les pièces alors jouées ou mises en répétition. En 1612, on voit W.S. « empruntant » largement aux pièces que

---

1. Voir Donald W. Foster. « *A Funeral Elegy* : W[illiam] S[hakespeare]'s " best-speaking witnesses ", *PMLA (Publications of the Modern Language Association)*, 111, 5 (octobre 1996) ; et « SHAXICON Update », *SNL*, 45, 2 (été 1995). La base de données SHAXICON indique une reprise du *Richard II* de Shakespeare en 1612, prouvée par la forte influence lexicale de cette pièce sur *Henry VIII* (et, naturellement, sur l'*Élégie funèbre*).

Shakespeare est lui-même en train de reprendre pour y cher-cher la langue et les images de son *Henry VIII* (par exemple *Richard II, Cymbeline* et *Le Conte d'hiver*). W.S. et Shakespeare exploitent aussi le même petit nombre de pièces non shakespeariennes (par exemple *Every Man in his Humour*[1] et *Cynthia's Revels* de Ben Jonson). D'autres travaux ont montré que Shakespeare et W.S. exploitent principalement les mêmes sources narratives ou non narratives, y compris des ouvrages manuscrits qu'on estime avoir été aux mains de la troupe de Shakespeare pendant l'hiver 1611-1612, où l'*Élégie* fut compo-sée – par exemple *Cardenio*, de Shakespeare et Fletcher, et *Mariam*, d'Elizabeth Cary[2].

Le schéma des emprunts est réciproque : W.S. connaît son Shakespeare, Shakespeare connaît son W.S. *Henry VIII* et *The Two Noble Kinsmen* ont une correspondance lexicale extra-ordinairement forte, non seulement l'une avec l'autre, mais avec l'*Élégie funèbre*. Les deux pièces contiennent de nombreuses répétitions indiscutables de l'*Élégie*, et le contenu thématique montre une étroite analogie. Ce que Shakespeare a pris à l'*Élé-gie funèbre* en composant *Henry VIII* a déjà été solidement prouvé, avec des emprunts manifestes qui sont encore plus fré-quents et plus frappants que les échos de *Richard II* qui se trouvent dans l'*Élégie*[3]. On ne peut nier que Shakespeare ait eu au moins connaissance de l'élégie sur Peter – et la diffusion

---

1. Seuls ont été donnés dans leur traduction française les titres des pièces de Shakes-peare réputées les plus connues – ce qui ne va évidemment pas sans un certain arbitraire *(NdE)*.
2. Foster, *PMLA*, 111, 5 octobre 1996.
3. Voir Donald W. Foster, *Elegy by W.S. : A Study in Attribution*, Newark, University of Delaware, 1989, p. 162-167 et *passim* (ouvrage publié par les *Associated University Presses* pour les Presses de l'Université de Delaware ; *op. cit.* note 1 p. 20).

extrêmement faible de celle-ci, puisqu'il s'agissait d'un petit tirage hors commerce et fait pour un modeste gentilhomme campagnard, laisse supposer que si Shakespeare n'en est pas l'auteur, il a fallu qu'il en ait eu connaissance par le libraire, Thomas Thorp, ou alors par le poète John Ford, ami et voisin de Peter. En outre, si l'on peut concevoir que W.S. ne soit qu'un imitateur de Shakespeare, on peut difficilement imaginer que Shakespeare ait à son tour imité W.S. quand il écrivit *Henry VIII*. Même s'il n'y avait pas d'autres raisons, il est plus simple de penser que Shakespeare est lui-même l'auteur de l'*Élégie*.

Entre 1984 et 1988, j'ai procédé à un examen rigoureux de tous les arguments tant pour que contre l'attribution à Shakespeare de l'*Élégie funèbre*. Je ne visais pas à prouver que Shakespeare avait écrit ce poème – ma seule ambition était de ne pas tomber dans l'erreur. L'*Élégie* a été examinée en référence à trois échantillons représentatifs. Le premier comprenait tous les poèmes en anglais écrits en l'honneur d'un défunt et imprimés de 1570 à 1630 (en tout 82 000 vers). Le deuxième était un sous-ensemble du premier, comprenant tous ces mêmes poèmes imprimés de 1610 à 1613 (13 200 vers) – les quatre années qui entourent la composition de l'*Élégie funèbre* en février 1612. Le troisième comprenait toute la poésie et la prose écrites en anglais de 1570 à 1630 par tous ceux dont les initiales étaient W.S. A partir de cet énorme corpus de textes, j'ai pu chercher si les ressemblances entre W.S. et Shakespeare – en vocabulaire, en formes grammaticales, en syntaxe, en rimes, en orthographe, en prosodie et en fréquence des mots les plus ordinaires – étaient véritablement significatifs.

Les résultats de cette analyse exhaustive ont été publiés dans *Elegy by W.S. : A Study in Attribution* (1989). En fin de compte, l'*Élégie funèbre* montre, dans tous ses aspects importants, une affinité remarquablement étroite avec les habitudes de Shakespeare.

Une recherche correspondante des preuves externes – recherche faite au Public Record Office de Londres, dans les archives de comté en divers lieux d'Angleterre, et dans toutes les grandes collections d'archives – s'est montrée elle aussi favorable à une attribution à Shakespeare, tout en interdisant la plupart des autres attributions envisageables. Mais ces documents ne suffisaient pas à déclarer que ce poème était de Shakespeare. Personne n'était pris la main dans le sac : pas de document où le nom de Shakespeare apparût accolé à celui de William Peter, pas d'attribution explicite, pas de correspondance, de contrat, de témoin impartial révélateurs.

Toutefois, les preuves externes que nous avons sont tout à fait dignes de confiance. Que les initiales du poète fussent réellement « W.S. » est indiscutable. Elles sont deux fois imprimées, d'abord sur la page de titre, puis en signature de la dédicace. Il était habituel – en fait, c'est une question de politesse – aux poètes de cette époque de publier leurs poèmes en l'honneur d'un défunt sans nom d'auteur ou avec leurs seules initiales. L'ostensible raison d'être de ces vers était de faire honneur au mort, non au poète. Nous n'avons pas non plus un seul exemple attesté d'un poète ou d'un libraire usant de fausses initiales pour une de ces élégies (ce qui était souvent le cas quand il s'agissait de polémiques religieuses rédigées par des catholiques). Il a été avancé dans une lettre au *Times Literary Supplement* (29 mars 1996) que les initiales « W.S. » auraient pu être une tentative malhonnête de la part de Thorp, désireux de faire vendre l'*Élégie* comme œuvre prétendument shakespearienne – mais ceci n'est guère vraisemblable. Aucune des publications dues à Thorp ne prend de liberté avec le nom de l'auteur, et son existence même comme libraire dépendait en grande partie de la clientèle continue de Shakespeare et de ses amis du monde du théâtre[1]. Quand bien même Thorp eût été un gredin, et désireux de gagner quelques shillings de plus grâce à l'usage abusif du nom ou des initiales de Shakespeare, il lui aurait été plus avantageux de le faire avec une pièce de théâtre anonyme, voire avec la plus misérable rimaille d'amour – ou, simplement, en réimprimant les *Sonnets*, dont lui-même, Thorp, détenait les droits – plutôt qu'avec des vers à la mémoire de William Peter d'Exeter. Un poème funéraire pour un gentilhomme provincial n'était guère une occasion de mystification – et ce n'est pas un texte qui se serait largement vendu, même si Thorp l'avait annoncé comme mis en vente.

L'*Élégie funèbre* est en grande partie autobiographique. Si l'intention était que les lecteurs anglais de 1612 soient amenés à croire, à tort, que ce poème était de Shakespeare, alors il faut se poser une autre question : pourquoi le poète qui a pris

---

1. Les libraires de Londres avaient le droit d'imprimer sans nom d'auteur tout texte dont ils détenaient la propriété littéraire, mais il leur arrivait rarement d'imprimer avec son nom ou ses initiales un auteur vivant sans sa permission, car ceci aurait constitué une grave violation des coutumes professionnelles. Se servir sans autorisation du nom d'un auteur pouvait coûter cher : si l'auteur portait plainte auprès des gouverneurs, le libraire pouvait se trouver contraint à imprimer une nouvelle page de titre.

ce pseudonyme voulait-il ou espérait-il que son texte serait pris par les lecteurs comme étant le récit des rapports de Shakespeare lui-même avec William Peter ? C'est un point qui ne vaut guère le débat. A la différence des *Sonnets* et des in-quarto des œuvres de théâtre, l'*Élégie funèbre* fut imprimée hors commerce – il n'y a pas de nom de libraire sur la page de titre, et le poète lui-même déclare avoir entrepris d'écrire son poème de son propre mouvement, sans espérance ni besoin d'une récompense financière du dédicataire, John Peter. L'écrivain affirme être un auteur connu et de bonne renommée (*Élégie funèbre*, 139-144), mais il n'était pas, comme tant d'autres à son époque, un poète qui, en 1612, eût besoin de protecteurs. Il semble même qu'il ait pris à sa charge les frais d'impression de l'*Élégie*, Thomas Thorp ne faisant enregistrer l'ouvrage que pour en garantir la propriété pour le compte du poète.

Peter et son meurtrier, Edward Drew, étaient liés au milieu théâtral de Shakespeare, bien que ce fût indirectement, Drew par une très longue amitié avec les frères Beaumont, et la famille de Peter par des amis de Shakespeare dans le cercle des Willougby-Russel[1]. William Peter était aussi ami et voisin du poète John Ford, qui à partir de 1613 suivit l'exemple de Shakespeare en composant des pièces de théâtre pour les *King's Men*[2]. Au moment de la mort de Peter, Ford n'était pas encore vraiment un auteur dramatique, bien qu'il fût étroite-

---

1. Ces liens, indiqués dans *Elegy by W.S.*, ne suffisent pas à prouver que Shakespeare et Peter se connaissaient.
2. A partir de 1607, Will Peter et John Ford possédaient des biens adjacents à Marldon, entre Torbrian et Ipplepen.

ment lié au milieu théâtral de Londres, spécialement les gens des Inns of Court dont faisaient partie John Marston et les Beaumont ; et Ford était déjà, en 1606, le plus ardent des disciples de Shakespeare. C'est depuis longtemps un lieu commun chez les historiens de la littérature anglaise que de considérer que John Ford, plus qu'aucun dramaturge jacobéen ou caroléen, prend modèle sur les textes shakespeariens, avec de larges emprunts : sa réputation a souffert d'ailleurs de ce fait. Mais l'« autre » mentor littéraire de Ford est à l'évidence le W.S. qui a écrit l'*Élégie funèbre*.

Un an après l'assassinat de son ami par Edward Drew, John Ford publia un poème étrange intitulé « La sueur de sang du Christ », texte qu'on peut interpréter comme sa propre élégie sur Peter. C'est un poème dans lequel Ford se fonde largement sur des modèles de vers aussi bien de Shakespeare que de W.S. En dépeignant Jésus, Ford imite l'*Élégie*, lui empruntant bien des images, des mots rares et des expressions particulières : Will Peter « tasted of **the sour-bitter** scourge / **Of** torture and **affliction** » (395-396), le Jésus de Ford a tiré « comfort from **the sour-bitter** gall / **Of** his **afflictions** » (423-424) ; Will Peter vécut « **encompassed in a** mortal frame » (33), le Jésus de Ford vécut « **encompassed in a** fleshly **frame** » (12) ; et ainsi de suite tout au long du poème. En décrivant Jésus, Ford semble aussi penser à la vie de Peter, concluant à une ressemblance entre le Christ et Will Peter. Le Jésus de Ford était « la seule joie de sa mère », « un charmant enfant / Dont la joue était aussi rouge qu'une cerise » (« La sueur de sang », vers 1754-1756) – mais son âme était déchirée en deux par un père implacablement irrité (69-74 sqq.). Comme Will Peter, le Jésus de Ford est donné pour savant, et un homme connu pour sa fidélité à ses amis. Comme Will Peter, le Jésus de Ford est un très bel homme de trente ans qui a été injustement décrié avant de périr d'un « coup funeste », une blessure sanglante à la tête (355-358, 1447-1448, 1766-1774). Et ainsi de suite.

John Ford était certainement en mesure de savoir quel W.S. avait écrit l'*Élégie funèbre*. En assimilant le Christ de la « La sueur de sang » au Will Peter de l'*Élégie*, et en opposant explicitement le Christ, dans ce même poème, à Antonio dans *Le Marchand de Venise*, Ford semble supposer – et même affirmer – que l'élégie sur Peter est de Shakespeare. Mais il nous manque une attribution expresse. Que Shakespeare soit l'auteur de l'*Élégie funèbre* repose encore sur les preuves internes et intertextuelles, comme c'était déjà le cas en 1989. Mais cette critique penche maintenant de façon tout à fait décisive en faveur de Shakespeare.

Dans *Elegy by W.S.*, je faisais état des arguments tant pour que contre la main de Shakespeare dans ce poème, et je concluais : « Il y a une possibilité, peut-être une forte possibilité, qu'il ait été écrit par Shakespeare[1] ». Tandis que j'écrivais ce livre, la prétendue découverte de plusieurs « écrits de Shakespeare » fut annoncée à grand bruit dans la presse, et chaque fois se trouva déconsidérée. Une conséquence de ces attributions impertinentes fut que, lorsque mon ouvrage sur l'*Élégie funèbre* finit par paraître, ce livre fut accueilli comme il était

---

1. *Elegy by W.S.*, p. 7.

prévisible avec une prudente indifférence. Les lecteurs atten-
tifs voyaient bien qu'il y avait réellement des indices prouvant
que Shakespeare avait peut-être écrit l'*Élégie*, mais que ces
preuves n'avaient pas encore atteint la masse critique. Personne ne voulait souscrire à une attribution à Shakespeare
pour se voir ensuite convaincu d'erreur. Peu disposé moi-
même à courir ce risque, je portai mon attention sur d'autres
projets. En vérité, ayant trouvé que la recherche d'attribution
était une tâche aride et ingrate, et ayant dit ce que j'avais à
dire sur l'*Élégie funèbre*, je jurai de renoncer définitivement à
ce genre de travaux.

Cependant, dans les années qui suivirent, il apparut de nou-
velles preuves que l'*Élégie* était bien de Shakespeare. Je fus
finalement persuadé par Richard Adams de me joindre à lui
pour en bâtir une défense nouvelle et plus affirmative, lors du
congrès de la Shakespeare Association de 1995. Ce congrès
suscita un tel intérêt que bientôt nous fîmes une communication à la Modern Language Association[1] pour présenter, de
conserve avec Stephen Booth, Leo Daugherty et Lars Engle,
l'*Élégie* comme un poème jusque-là méconnu de Shakespeare.
Nous reçûmes un accueil étonnamment favorable, mais personne ne pouvait prévoir la tempête que l'affaire souleva chez
les journalistes. A la suite de notre communication à ce
congrès de la MLA, la presse, malgré nous, fit rapidement de
l'*Élégie funèbre* et de la « découverte d'un Shakespeare » un
événement d'importance mondiale. Mais nul ne peut penser

---

1. En décembre 1995.

que la presse a le droit de donner à l'*Élégie* statut canonique. C'est au sein de l'université, et non dans les journaux, que ces questions doivent en dernière instance se résoudre. Puisqu'il n'est pas possible de consulter le poète lui-même, c'est à une communauté internationale de lecteurs bien informés de dire si l'*Élégie funèbre* fait partie ou ne fait pas partie des textes qui forment ce que nous appelons « Shakespeare ». Les Anglais seront peut-être les derniers à admettre l'*Élégie funèbre* au canon de leur poète national. Ce n'est pas, après tout, la première fois qu'une « découverte shakespearienne » fait les gros titres en Angleterre – et, dans le passé, ces attributions n'ont guère duré qu'une quinzaine de jours avant de tourner court. En 1985, Stanley Wells appuya l'attribution à Shakespeare d'une rimaille manuscrite du XVIIe siècle qui commençait par « Shall I die, shall I fly ». Un an plus tard, Eric Sams annonça que Shakespeare avait écrit une pièce manuscrite intitulée « Edmond Ironsides ». L'année suivante, Peter Levi attribua à Shakespeare un poème manuscrit qui commence ainsi : « As this is endless ». Ces « découvertes » furent célébrées dans la presse anglaise comme des « textes perdus de Shakespeare ». En fin de compte, aucun de ces trois textes n'avait jamais été « perdu », et aucun n'était de Shakespeare. Les historiens de la littérature savaient déjà que l'auteur du poème présenté par Peter Levi était Sir William Skipwith (Levi avait pris les initiales du manuscrit, « W.Sk. » pour « W.Sh. »). « Edmond Ironsides » fut composé par le dramaturge élisabéthain Robert Greene, quoique Shakespeare y ait trouvé une des sources secondaires de *Titus Andronicus*. Et on cherche encore l'auteur de « Shall I die, shall I fly » – mais on ne cherche pas avec grande ardeur[1].

Dix ans plus tard, le 14 janvier 1996, le *New York Times* fit sa une de l'*Élégie funèbre*. Dans un article nuancé et bien documenté, le journaliste du *New York Times*, William Honan, retraçait la laborieuse histoire de l'attribution de cette élégie – une recherche qui avait duré presque treize ans, et à laquelle de nombreux savants avaient contribué[2]. Déjà trois fois échaudés, les rédacteurs du *Times* de Londres donnèrent à cette affaire un tour assez différent. Dans un article intitulé « Un sonnet perdu déclenche une guerre de mots », le *Times* définit le texte, inexplicablement, comme « un sonnet manuscrit » (c'est une élégie en 578 vers, et c'est une brochure imprimée). Ce sonnet ne pouvait pas être de Shakespeare, déclarait le *Times*, parce que ses « vers à rimes plates ne sont tout simplement pas assez bons pour venir de la plume du Barde » et parce qu'il est « homosexuel [*sic*] de tonalité » (l'élégie est principalement en rimes alternées, et n'est guère plus érotique qu'une douche d'eau froide). L'attribution à Shakespeare était rejetée sans autre forme de procès comme le triste résultat de la « technologie informatique » américaine. La « déclaration de guerre » annoncée dans le titre venait de Peter Levi qui, quand on lui demanda ce qu'il pensait du rôle de l'informatique dans la recherche littéraire, déclara, dit-on, que « ce genre d'analyse est presque

---

1. Pour une évaluation de ces attributions, voir Donald W. Foster, « "Shall I die" Post Mortem : Defining Shakespeare », *Shakespeare Quarterly*, 38, 1 (1987), p. 58-77, et « Eric Sams, *Shakespeare's Lost Play*, et Mark Dominik, *The Birth of Merlin* », in *SQ*, 39, 1 (1988), p. 118-123 ; et James Knowles, « WS MS » *TLS*, 29 avril 1988, 472 sq.
2. William H. Honan, « A Sleuth Gets his Man : It's Shakespeare », *New York Times*, 14 janvier 1996, p. 1 et autres.

toujours pure absurdité », et de Stanley Wells, qui appuya l'opinion de Peter Levi [1].

Dans les semaines qui suivirent, un petit nombre de savants et d'esprits passablement exaltés publièrent des hypothèses téméraires, sans prendre le temps de considérer la force désormais énorme des arguments en faveur de Shakespeare – en vérité, sans paraître avoir même lu le poème. Joseph Sobran, qui est de ceux qui ne croient pas que Shakespeare ait écrit les pièces connues sous son nom, a voulu montrer que l'*Élégie* avait été écrite par le comte d'Oxford avant 1604. Un autre Oxfordien, Richard Kennedy, en s'appuyant sur le milieu des Shakespeare-Will Peter-John Ford que j'avais partiellement décrit au congrès de la MLA en décembre 1995, a conjecturé que c'était peut-être John Ford qui avait écrit ce poème. Brian Vickers, prenant ses arguments dans *Elegy by W.S.*, a suggéré un individu nommé Simon Wastell. Katherine Duncan-Jones a dit que le poète du Devonshire William Strode avait un père qui écrivait des poèmes, et que c'était peut-être lui qui avait écrit l'*Élégie*. Stanley Wells a déclaré à plusieurs reprises, sans preuves, que le poète avait probablement été payé pour écrire, et que c'était peut-être un curé de campagne. Ces hypothèses gratuites ont quelque chose de désespéré, avancées comme elles le sont sans autres preuves qu'une aversion envers le poème même et un petit nombre d'objections à la théorie shakespearienne ramassées dans les arguments contraires avancés pour la première fois dans mon *Elegy by W.S.*

---

1. Quentin Letts et Russell Jenkins, « " Lost Sonnet " Starts a War of Words », *Times* (Londres), 14 janvier 1996.

L'*Élégie funèbre* offre un fond de résistance considérable. Évidemment, s'il s'agissait de découvrir un poème « perdu » de Shakespeare, ce n'est sans doute pas le texte que nous aurions espéré, car l'*Élégie* n'inspire pas une admiration instantanée. Certains lecteurs peuvent y voir un remède à l'insomnie. La syntaxe de W.S. est souvent contournée, les images sont rares, le ton froid et distant. Le poème paraît excessivement long, et c'est à peine si on y trouve une partie de la riche ornementation et du jeu sur les mots que nous avons appris à attendre des textes de Shakespeare. Ce sont là, d'ailleurs, fondamentalement les reproches qui ont été faits au *Henry VIII* de Shakespeare – l'argument esthétique n'est jamais un instrument utile pour les questions d'attribution. Mais si le plaisir esthétique était le seul critère à prendre en compte, l'*Élégie* ne saurait trouver une place honorable aux côtés des *Sonnets*.

Déterminer si Shakespeare est l'auteur de l'*Élégie funèbre* ne dépend pas du degré auquel le produit fini nous plaît. En fait, les preuves sont bien plus fortes aujourd'hui qu'elles ne l'étaient il y a sept ans. Je suis désormais convaincu, comme je ne l'étais pas en 1989, que personne d'autre que Shakespeare ne peut avoir écrit cette élégie ; et les spécialistes sont tombés d'accord pour reconnaître que l'ensemble des constatations ne permet aucune autre explication. Une partie des arguments nouveaux a été trouvée dans des documents d'archives – mais le *Times* n'avait pas entièrement tort de rapporter que l'informatique, elle aussi, avait joué un rôle dans l'établissement de la preuve que Shakespeare était l'auteur de ce poème.

Un des instruments informatiques a été la base de données

SHAXICON, lexique shakespearien électronique qui répertorie les différents mots – plus de 18 000 – qui apparaissent dans les pièces du canon au moins une fois mais pas plus de douze fois (ce qui fait environ 48 000 citations des pièces, plus 5 000 pour les œuvres non théâtrales, et encore plusieurs milliers d'autres pour les différents textes auxiliaires de SHAXICON). Les mots que Shakespeare utilise le moins souvent sont ici appelés « mots rares » – « lemmas » dans SHAXICON – (bien qu'ils ne soient pas « rares » de façon absolue – ainsi « family » [nom] et « real » [adjectif ou adverbe] sont-ils des mots rares dans Shakespeare). Chaque occurrence lexicale de chaque lemma a été indexée par le numéro du vers et par le nom, en abrégé, du personnage qui le prononce. Toutes les variantes des mots rares sont également indexées, y compris la totalité des « mauvais » in-quarto de *Henry V*, des deuxième et troisième parties de *Henry VI*, de *Hamlet*, de *La Mégère apprivoisée* et des *Joyeuses Commères de Windsor*, ainsi que les œuvres non théâtrales, canoniques ou non (*Vénus et Adonis*, *Le Viol de Lucrèce*, *The Passionate Pilgrim*, « The Phoenix and Turtle », les *Sonnets*, « A Lover's Complaint », l'*Élégie funèbre*, le testament, « Shall I die », etc.), les additions à *Mucedorus* et à *The Spanish Tragedy*, le prologue du *Merry Devil of Edmonton*, tout *Edward II* et *Sir Thomas More*, *Every Man in his Humour*, *Sejanus* de Ben Jonson, et d'autres encore. Il y a aussi, relié à SHAXICON, un énorme corpus électronique de textes de la fin du Moyen Age, de la Renaissance et du XVIIᵉ siècle exploitable sur ordinateur – un échantillon textuel de plusieurs millions de mots représentant des centaines de textes et des douzaines d'écrivains différents.

En frappant quelques touches, on peut, grâce à SHAXICON, savoir combien de mots rares se trouvent dans deux ou plusieurs textes shakespeariens, quels textes shakespeariens ont une corrélation relativement forte ou faible avec d'autres textes shakespeariens ou non shakespeariens, et ainsi de suite. La structure des affinités textuelles manifestées de la sorte par SHAXICON est éclairante, car elle montre que les mots rares de Shakespeare ne sont pas répartis au hasard au long de sa carrière, mais que la distribution en est en partie structurée par sa mémoire : lorsque Shakespeare étudiait un texte-source, il avait tendance à emprunter à ce texte des mots nouveaux en nombre significatif ; et quand une pièce était représentée, pour la première fois ou pour une reprise, Shakespeare, en écrivant, avait alors tendance à se resservir des mots rares de cette pièce en quantité mesurable. Par exemple, en 1598-1599, de nombreux mots rares d'*Every Man in his Humour* de Ben Jonson entrent dans ce que Shakespeare se met à écrire, comme on le voit dans la seconde partie de *Henry IV* et jusqu'à *Comme il vous plaira*. Puis le nombre d'emprunts lexicaux faits par Shakespeare à Ben Jonson va diminuant jusqu'en 1604, où le nombre de mots pris dans *Every Man in his Humour* s'élève de nouveau rapidement, comme on le voit dans *Othello*, pour baisser encore jusqu'en 1612 et s'élever ensuite : *Henry VIII* et *The Two Noble Kinsmen* (la partie écrite par Shakespeare) sont des textes qui, à leur tour, font des emprunts considérables à *Every Man in his Humour* – ainsi qu'à l'*Élégie funèbre*. Bref, SHAXICON montre que Shakespeare, en 1598-1599, 1604 et 1612-1613, fréquentait de très près cette comédie de Jonson. Et en fait, Jonson lui-même nous apprend que Shakespeare en fut un des acteurs lorsque cette pièce débuta en 1598. Nous savons aussi, par des documents d'archives, qu'*Every Man in his Humour* fut repris par la troupe de Shakespeare en 1603-1604 et en 1612-1613. Dans ces trois cas, de toute façon, SHAXICON aurait signalé et daté ces trois séries de représentations de la pièce de Jonson, même si nous n'avions pas possédé ces documents écrits.

Mais si le lexique actif de Shakespeare écrivain était de façon générale influencé par le vocabulaire des pièces mises en scène, il l'était aussi par certains rôles. Toute pièce shakespearienne (et chacune des pièces de Jonson où nous savons que Shakespeare a joué) contient des centaines de mots que Shakespeare utilise dans ses écrits et puis qu'il « oublie ». Mais il y a, dans chaque pièce, un ou deux rôles dont le lexique de mots rares revient avec insistance dans les écrits subséquents de Shakespeare, et qui sont alors notablement plus fréquents que ne le sont les mots d'autres rôles. Les rôles dont Shakespeare « se souvient » semblent bien être ceux qu'il a étudiés afin de les jouer. Par exemple, des documents du XVIIe siècle indiquent que Shakespeare a joué le personnage d'Adam dans *Comme il vous plaira*, le fantôme dans *Hamlet*, et plusieurs rois non identifiés. Même si nous n'avions pas ces documents, SHAXICON nous apprendrait qu'Adam et le fantôme (comme les différents rois) sont des rôles que Shakespeare a étudiés de près et a peut-être interprétés lui-même, car les mots rares qui y figurent sont réutilisés dans les œuvres postérieures de Shakespeare avec une fréquence bien supérieure à celle du lexique des autres rôles de ces mêmes deux pièces.

Nous ne pouvons être certains que Shakespeare a effectivement joué les rôles dont on peut prouver qu'il s'est souvenu. Mais, pour quelque raison que ce soit, ces structures de remémoration lexicale sont marquées de façon indélébile dans tous les textes shakespeariens qui nous sont parvenus. Que cette répartition des mots rares soit due à ce qu'il avait étudié les rôles où ils se trouvent (ce qui est le plus probable) ou qu'elle tienne à d'autres causes, ces structures de répartition sont en elles-mêmes un fait acquis, particulier aux textes shakespeariens, et absolument inimitables. En relevant électroniquement ces diverses structures dans le vocabulaire actif de Shakespeare, SHAXICON nous permet d'étudier l'histoire de l'activité de Shakespeare en qualité d'acteur et d'écrivain, en utilisant le témoignage inconscient de la mémoire du poète comme guide. SHAXICON ouvre ainsi une perspective neuve sur la date, l'ordre, l'histoire scénique et la transmission textuelle des principales œuvres de Shakespeare. Les preuves statistiques données par SHAXICON ne s'imposent pas dans tous les cas, mais nous conduisent probablement aussi près qu'il est possible de l'être d'un journal quotidien tenu par Shakespeare, car SHAXICON nous permet de suivre dans le cerveau même de Shakespeare le tracé de la programmation linguistique du poète.

Ce que nous apprend SHAXICON serait bien près à soi seul de démontrer que l'*Élégie funèbre* a Shakespeare pour auteur, même si nous n'avions pas de documents écrits et l'attribution sur la page de titre à « W.S. », car le profil lexical que SHAXICON définit est inimitablement shakespearien. L'*Élégie funèbre* présente une corrélation lexicale avec Shakespeare plus marquée qu'avec aucun autre auteur de cet énorme corpus. De tous les textes de Shakespeare, c'est cette élégie qui tire le plus largement son approvisionnement en mots rares des pièces écrites ou jouées dans les dernières années de la carrière du poète (1609-1613). Et l'*Élégie* est à un degré perceptible influencée dans le choix de son vocabulaire précisément par les rôles dont on peut montrer qu'ils ont influencé d'autres textes shakespeariens tardifs.

Une partie de ces nouveaux indices en faveur de l'attribution à Shakespeare va pour la première fois paraître dans le numéro d'octobre 1996 de *PMLA* [1], suivie par un nombre égal de preuves dans le volume de 1997 des *Shakespeare Studies*.

Les critiques ont accordé à l'*Élégie* une réception fort contrastée. (L'attribution à Shakespeare ne dépend pas de ses mérites esthétiques.) Harold Bloom trouve dans l'*Élégie* les signes d'une « puissante répression », avec une « subtile musique d'évasion ». Stephen Booth, tout en admettant que Shakespeare en est l'auteur, estime le poème tout simplement mauvais, œuvre de piètre qualité assez peu digne du grand Barde mais néanmoins certainement de lui. Richard Abrams a pris la défense de la sobriété du texte en matière d'images en insistant sur ce que dit le poète dans l'*Élégie* elle-même concernant les « exercices de ce genre » : évitant l'excès théâtral et la « passion immodérée », Shakespeare, par un style délibérément simple, formerait dans cette œuvre tardive une union symbolique avec un ami lui-même simple (Dédicace, 275-276, etc.).

---

1. *Publications of the Modern Language Association.*

Je n'ai pas pris parti dans ce débat. Ni dans *Elegy by W.S.* ni dans mes derniers écrits je ne revendique qu'on accorde une valeur esthétique particulière à l'*Élégie*, et je ne souhaite pas le faire ici. Ce poème ne me semble ni aussi « ennuyeux » qu'il a paru à Stanley Wells ni aussi émouvant que ses défenseurs l'ont affirmé. Pour avoir lu tous les poèmes funéraires imprimés en Angleterre de 1570 à 1630, je trouve l'élégie sur Peter mieux écrite et poétiquement plus intéressante que la plupart des vers funéraires de cette époque. Mais ce n'est pas un texte à remuer les cœurs ni à susciter de brillants essais critiques. Lire l'*Élégie funèbre* de Shakespeare immédiatement après *Lycidas* de Milton semble à ma sensibilité esthétique un peu comme un grand bol de lait tiède après un verre de champagne. L'*Élégie* est finalement moins intéressante pour sa poésie que pour la lumière indirecte qu'elle jette sur des points de biographie – mais c'est un texte captivant ne serait-ce que pour cette raison. Nous ne savons toujours pas grand-chose sur l'homme Shakespeare. Comme le remarque Richard Abrams, si nous entendions Shakespeare nous parler, à la fin de sa carrière, de sa propre bouche, il est fort possible que nous ne le reconnaîtrions pas comme « notre Shakespeare ». L'*Élégie funèbre* est un discours qui frappe étrangement notre oreille, habituée qu'elle est à entendre un langage éblouissant. Dans ce texte, le poète s'exprime en une langue simple et sans ornement – mais de façon rétrospective, en parlant de sa vie et de sa carrière à lui, et à propos d'un jeune homme qui fut un ami cher.

Les chercheurs qui auront envie désormais de discréditer l'idée que l'auteur de l'*Élégie* est Shakespeare auront du pain sur la planche. Des conjectures assenées avec assurance et des rejets réflexes n'y suffiront plus. Mais ceux d'entre nous qui ont reconnu la force des arguments en faveur de la thèse shakespearienne ont eux aussi du travail. Démontrer simplement que Shakespeare a écrit ce texte est un exercice stérile de collage d'étiquette, une sorte d'exercice de virtuosité réussi. Ce que nous gagnons à établir l'identité de l'auteur, ce n'est pas seulement une raison de lire le texte, c'est un contexte pour une lecture plus approfondie. Il existe presque quarante autres textes, en grande partie du même auteur et qui s'éclairent les uns et les autres, qui peuvent nous aider à comprendre et à apprécier ce difficile poème. L'*Élégie* ne sera jamais une des œuvres majeures de Shakespeare, mais ce n'est pas non plus un texte que l'on puisse écarter sans autre forme de procès ou carrément négliger, comme on l'a fait pour « A Lover's Complaint ». En tant que dernier texte non théâtral de Shakespeare avant sa retraite et sa mort, cet ouvrage en grande partie autobiographique peut en venir à être considéré comme un poème de première importance. Et à l'examiner de plus près, nous nous apercevrons peut-être que l'*Élégie* nous rend meilleurs lecteurs – meilleurs lecteurs non pas uniquement du Shakespeare que nous connaissions déjà, mais de ce Shakespeare-ci.

Quand les *Sonnets* furent exhumés pour les lecteurs anglais à la fin du XVIIIe siècle, ils commencèrent par recevoir un accueil méprisant. Le commentateur George Steevens déclara en 1793 à leur propos que « le plus rigoureux des arrêts que le Parlement pourrait prendre n'arriverait pas à forcer les lecteurs à leur rendre hommage ». Wordsworth trouva un grand nombre des *Sonnets* « abominablement rudes, obscurs et faibles », et les autres gâtés par « la monotonie, l'ennui, la préciosité et une obscurité compliquée ». S'il en vint plus tard à en faire l'éloge, ce n'est pas parce que les *Sonnets* s'étaient bonifiés avec le temps, mais parce que lui-même était devenu un lecteur plus attentif. Notre problème aujourd'hui ne semble plus être « Comment pouvons-nous apprendre si W.S. est en vérité William Shakespeare ? » mais « Comment pouvons-nous apprendre à lire son *Élégie funèbre* pour William Peter ? ». Le problème de l'attribution – qui peut-être ne sera jamais résolu à la satisfaction de tous – nous amène directement à l'enjeu de l'activité critique : que diable ce texte peut-il bien vouloir dire ?

WILLIAM PETER, 1582-1612

William Peter, second fils d'Otho Peter, fut baptisé dans le Devonshire le 31 décembre 1582, en l'église paroissiale de Shillingford-Saint-George. Il grandit à Bowhay, la propriété des Peter, dans un élégant château bâti par son grand-père, John Peter, qui fut trois fois maire d'Exeter. A l'âge de seize ans, Peter entra à Exeter College, Oxford, où il passa la plus grande partie des dix années qui suivirent, bien que ce fût avec plusieurs longues absences. Il obtint le baccalauréat ès lettres en 1603, la maîtrise ès lettres en 1606. Peter semble avoir été un étudiant convenable, mais peu assidu, comptant plusieurs absences prolongées du collège. Au moins quatre de ces absences, autorisées ou non, se situent (c'est peut-être une simple coïncidence) au moment où la compagnie théâtrale de Shakespeare se trouvait à Oxford, et durèrent chaque fois le même temps que la tournée en province.

Après avoir participé aux Comices universitaires en 1606, Peter ou bien fut renvoyé ou bien ne fit pas les deux années qu'il était tenu d'accomplir comme maître régent à l'université. C'est une obligation dont il ne s'acquitta jamais.

A l'automne de 1608 – un an après que « la mort de son père [eut] affranchi sa volonté » (*Élégie*, 68) – Peter quitta définitivement Oxford et revint à Exeter, où il connut et épousa une toute jeune fille, Margaret Brewton. Le ménage alla habiter Whipton, à l'est d'Exeter, à un demi-mile environ du tristement célèbre gibet de Heavytree. Fils cadet d'un défunt négociant d'Exeter, Will Peter était un gentilhomme instruit, d'une fortune modeste. Ses moyens d'existence, après qu'il eut renoncé à son poste à l'université, restent mal connus, bien qu'il eût certainement joui d'un certain revenu grâce au loyer des terres de Marldon, héritées de son père en 1607. Avec son titre de maître ès lettres d'Oxford, il est possible que Peter ait surtout vécu de leçons. Lui et Margaret eurent deux enfants, deux filles, la seconde née peu après la mort de Peter.

Le 1er février 1612, William Peter fut inhumé dans l'église paroissiale d'Exminster, à proximité de la tombe de son père. Un an et un jour plus tard, Margaret Peter se remaria, cette fois-ci avec Edward Cotton, fils de l'évêque d'Exeter. Suivant une coutume qui interdisait aux filles de recevoir de la terre en héritage, Cotton déshérita les enfants de Peter [1]. Les deux filles vécurent jusqu'à leur mort dans la pauvreté. L'aînée, Rose, épousa John Kittey, de Plymouth, le 23 avril 1627 et mourut en 1630, peu après la naissance d'une fille. La plus jeune – nommée Margaret comme sa mère – épousa Edward Gould, de Heavytree, le 14 janvier 1630, et mourut en 1661.

Quelques derniers détails concernant William Peter peuvent être inférés, bien que sans certitude, de l'*Élégie funèbre*. W.S. présente la vie de William Peter comme un texte qui s'est trouvé raccourci par le temps et qui a été mal interprété par de mauvais lecteurs (1-6). Le poète condamne ceux qui voudraient imposer une version corrompue de la vie de Peter en déduisant de sa fâcheuse fin une vie fâcheuse. Une lecture sinistre de cette vie – où Peter figure comme un mauvais homme ayant eu une fin correspondant à sa vie – est dans l'*Élégie* qualifiée de « texte du mal », nourri de « commentaires corrompus » par des aveugles et des ignorants qui « recherchent matière à dénoncer le pire » (256-267). Pourtant le poète élégiaque se met lui-même en cause dans la production d'une lecture erronée en nous imposant un texte qui peut se lire soit comme un panégyrique, soit comme un commérage désapprobateur. L'*Élégie* est ainsi une exacte représentation de son sujet puisque celui-ci, William Peter, peut être aussi mal interprété. Il semble hors de doute que le poète ait désiré surtout faire l'éloge de son ami

---

1. Les quatre terres encloses de domaine personnel que Peter avait reçues des Brewton comme dot de sa femme passèrent au plus jeune fils de Cotton, Grenville, tandis que les terres de Marldon, que Peter avait reçues en héritage de son père Otho, passèrent au fils aîné de Cotton, Edward.

assassiné ; mais l'*Élégie* demeure, d'un bout à l'autre, un texte chargé d'ambivalence.

Le poète multiplie les équivoques sur les vertus de Peter, comme lorsqu'il parle de ses « brèves vertus » *(short-lived deserts)* : Peter était-il un vertueux ami qui est mort trop tôt, ou ses mérites furent-ils souvent de trop brève durée ? L'esprit de Peter nous est décrit comme étant un temple d'une « précieuse blancheur » où « siégeait la raison gouvernée par la religion » (60). Laquelle des deux vertus, alors, fut vaincue, la raison ou la religion ? Si Peter, quand il était à Oxford, « mit au régime les désirs malades qui tous les jours assaillent la faiblesse des hommes » *(the weaker man)* (75-76), Peter lui-même avait-il cette « faiblesse » dont les désirs exigent les soins du médecin ? Ou bien modérait-il les « rapides désirs » de ces hommes faibles qui le désiraient, *lui* ? Peter n'était pas « entièrement adonné / A de messéantes et impudentes vanités » (93-94). Leur était-il donc partiellement adonné ? Le poète parle de « la petite république ordonnée / De lui-même » (294-295). Est-ce que cette *little ordered commonwealth* – cette petite république ordonnée – était à la fois « petite » et « ordonnée », ou était-elle *little ordered,* c'est-à-dire « peu ordonnée » ? On peut lire ces ambiguïtés en considérant que le poète est tout simplement malhabile, incapable de dominer ce qu'il veut dire. Mais il semble plutôt que ce soit sa tactique régulière que de faire des affirmations équivoques sur l'innocence de son ami – puis de déplorer la malveillance de ceux qui viendraient interpréter à tort soit les ambiguïtés de son propre texte, soit les ambiguïtés de la vie de Peter.

Pendant les années qu'il passa hors de chez lui – c'est du moins ce que le poète semble vouloir dire –, William Peter fut en butte à des adulateurs ou des flatteurs qui tâchèrent de le séduire – des hommes qui, à la différence du pudique W.S., « n'ont de rare / Que de connaître rarement la honte » (286-287). Le poète élégiaque cultive l'ambiguïté en ce qui concerne le succès de ces invites. D'un côté il fait remarquer que Peter répugnait à « acheter la louange au prix de l'opprobre », à accepter « les séductions étrangères » (ou « les séductions étranges ») d'hommes consumés par « leurs rapides désirs ». Il ne voulait pas s'asservir en échangeant le panégyrique poétique pour « la sensuelle inclination [de leurs] vices en désaccord » (278). Et pourtant, une ironie sous-jacente dans toute l'*Élégie* suggère que c'est peut-être précisément ce que Peter a fait – sinon avec des « imitateurs sans rigueur », du moins avec une femme sans rigueur (*loose*, qui peut signifier aussi « dissolu »).

Il se peut que, peu après son arrivée à Oxford, Peter ait pris une maîtresse, ou du moins ait entretenu une relation charnelle avec une femme pendant les neuf ans qu'il passa hors de la maison paternelle. L'*Élégie* présente une difficulté biographique au vers 511, quand le poète déclare que

[...] celle qui depuis neuf ans
Partageait ses pensées et son lit
A la plus grande part de perte ; car moi-même en sa perte
Je ressens le désordre que cet événement a produit
(511-514).

Au moment de sa mort, Peter était marié depuis exactement

trois ans. Neuf ans plus tôt, en 1602-1603, Margaret Brewton avait juste onze ans et habitait Exeter avec ses parents. Si « nine » n'est pas une faute d'impression pour « three », alors ce vers fait allusion à une autre femme avec qui Peter « partagea ses pensées et son lit » alors que, à l'époque, il n'était pas revenu dans le Devonshire. (Les registres paroissiaux d'Oxford et de Cambridge, et les sermons prêchés aux étudiants, avec le grand nombre d'enfants illégitimes qu'ils indiquent, prouvent qu'on forniquait beaucoup dans l'une et l'autre université.) Les vers qui suivent, avec le contraste implicitement ironique qu'ils établissent entre « les chastes embrassements de l'amour conjugal » et ce qui est ressenti comme le « désordre » (*distemperature* : désordre de l'air, ou des humeurs, ou de l'esprit, ou de la société) de cette femme qui autrefois partagea le lit de Peter, peuvent indiquer que Peter eut une liaison avec une autre femme avant son mariage avec Margaret Brewton. Le poète ne peut avoir fait lui-même erreur sur la durée du mariage de Peter, car nul n'ignorait que le mariage était interdit aux membres de l'université.

Bizarrement, le poète semble s'attribuer une part de la perte que fit cette femme en perdant le lit de Peter, comme si, lui aussi, il avait souffert de ce « désordre » (513-514). Une interprétation simple de ces vers se trouve compliquée par les sources du poème. W.S. rappelle ici la description de l'amour de William Godolphin pour Charles Blount, telle qu'on la trouve dans *Fames Memoriall*, poème écrit en 1606 par le jeune confrère de Shakespeare, John Ford :

Souviens-toi de ta perte, et, te souvenant, pleure.
Toi aussi, chevaleresque jeune homme qui fus son ami,
Son compagnon de chambre et de lit –
La largesse immense de son amour s'étendait jusqu'à toi,
[..]
Dans les rites parfaits d'une mutuelle amitié.

(*Fames Memoriall*, 259-266)

Lorsque W.S. parle du douloureux « désordre » de cette femme à avoir perdu sa « part » du lit de Peter (que ce soit au bout de neuf ans ou au bout de trois), puis lorsqu'il dit que William Peter « s'acquittait » par la « Pierre de l'Amitié » « en tous les actes de parfaite affection », il met le lecteur dans l'impossibilité complète de savoir qui au juste ressent le plus profondément la perte du lit de Peter.

William Peter et le narrateur sont représentés dans l'*Élégie* comme des amis aimants qui furent méchamment calomniés dans « les jours de [la] jeunesse » du poète (559). Des hommes, jaloux de sa célébrité et de son crédit, ont « tout scruté pour détruire [sa] réputation par un péché absurde » (143-144), ce qui fut pour W.S. une douloureuse humiliation. Blessé par « l'ingrate mésinterprétation [de sa] patrie », le poète connut la « triste saveur / De la honte connue » (137-139). W.S. propose de voir dans la souffrance passée causée par cette affaire un signe de son innocence – et il espère enterrer toutes les accusations avec la mort de Peter, libérant ainsi et lui-même et la réputation de Peter de « l'intention et du ressentiment atrabilaires de la malveillance » (557-560, 137-144, 33-34). Mais à l'encontre de cet espoir, il y a le sentiment qu'a le poète que tout espoir peut être illusoire. Ce qui finalement compte pour le poète, c'est qu'il aimait Will Peter, en silence, dans la mort comme dans la vie (553-578).

W.S. est trop réservé sur tous les détails de ses liens avec Peter pour que nous puissions réellement reconstituer ce qui s'est passé entre eux. Comme dans le cas des *Sonnets* de Shakespeare, nous ne pouvons nous appuyer que sur nos incertaines conjectures : W.S. ne précise jamais la faute dont il fut accusé. Le lecteur auquel il s'adresse, John Peter, était certainement au courant de ce scandale, mais nous ne pouvons que tenter d'en deviner la nature d'après les circonlocutions du poète. Peut-être fut-il faussement accusé d'avoir voulu séduire William Peter. Les expressions dont se sert W.S. impliquent qu'il fut accusé (peut-être par le père de William, Otho) de quelque action honteuse sans cependant qu'elle tombe sous le coup des lois[1]. Quoi qu'il en soit, l'« ingrate mésinterprétation » par laquelle W.S. se trouva un jour accusé de péché est une aventure qu'il semble désormais considérer avec une grande honte.

---

1. S'il avait été accusé de quelque infraction sexuelle, le poète aurait comparu devant un tribunal ecclésiastique (tribunal de l'évêque), puisque c'est de ces tribunaux que relevaient de telles infractions. Les peines pour séduction ou harcèlement sexuels n'étaient ordinairement qu'une interdiction ecclésiastique ou une amende, beaucoup moins graves que la peine la plus élevée, l'excommunication. S'il était condamné, l'inculpé était obligé de s'engager par serment à ne pas adresser la parole à la femme (épouse ou fille, ou, dans le cas présent, à Will Peter), pendant une période donnée (ordinairement trois ans). Il se peut que ce que dit W.S. ait trait, si indirectement que ce soit, à une séparation forcée de cette nature entre lui et Will Peter (par ex. 68, 223).

L'*Élégie funèbre* et les *Sonnets* de Shakespeare

Dès que l'*Élégie* fit la une des journaux, il y eut une question que posèrent avec insistance non seulement les journalistes mais les spécialistes de Shakespeare : William Peter pourrait-il être le jeune homme à qui les *Sonnets* de Shakespeare sont principalement adressés ? La première réaction est de rejeter cette question comme ridicule. Le ton de l'*Élégie funèbre* est aussi différent qu'il est possible de celui des *Sonnets*. Le poète des *Sonnets* ressemble plutôt à Antonio dans *La Nuit des Rois*, passionné, jaloux, aiguillonné par le désir homosexuel, mais cependant ressentant un puissant besoin de sublimer ce désir en envolées d'un altruisme dont il peut se prévaloir :

[...] je vous aime tant
Qu'en vos douces pensées je voudrais être oublié
Si de penser alors à moi devait vous faire souffrir.
(*Son.*, 71, 6-8)
Mais advienne que pourra, je t'adore tant
Que le danger me semblera un jeu [...]
(*Nuit des Rois*, 2, 1, 47-48)

Le poète de l'*Élégie funèbre*, lui, ressemble davantage au Prospero de *La Tempête*, ou, pire encore, à Timon d'Athènes – grincheux, rancunier, se méfiant de toute théâtralité, aspirant à la solitude (par ex. *Tim.*, 4, 2, 31-36 et *Élégie*, 457-459, 467-469). W.S. proclame son amour indéfectible pour Will

Peter, mais il le fait sur un ton si glacial qu'il ne laisse voir qu'une grande froideur.

Nous n'avons pas de raisons assez solides pour conclure que William Peter est l'aimé des *Sonnets*. Mais le poète élégiaque nous conduit sérieusement à nous interroger. Et le récit auto-biographique évocateur, mais en fin de compte indéchiffrable, auquel l'*Élégie funèbre* ne cesse de se référer suscite encore plus de perplexité, eu égard aux révisions auxquelles se sont livrés les spécialistes concernant la date et les circonstances de rédaction des *Sonnets* de Shakespeare.

Ces derniers temps, les anciens dogmes sur les *Sonnets* se sont effondrés plus vite que promesses électorales. Selon l'an-cienne orthodoxie, l'in-quarto publié par Thorp des *Shakes-peares Sonnets* (Londres, 1609), l'avait été sans que Shakespeare en fût informé et l'eût autorisé. L'ordre des *Sonnets* tenait plus ou moins du hasard. Le texte était non seulement mal corrigé sur épreuves, mais il n'était pas sûr. « A Lover's Complaint » était apocryphe. Chose curieuse, ces hypothèses largement, même presque universellement répandues, selon lesquelles les *Sonnets* furent publiés à l'insu de Shakespeare, en désordre, et dans un texte que l'auteur n'avait jamais revu, parvinrent à coexister avec une confiance aveugle en l'existence d'un certain « beau jeune homme », d'une « maîtresse », et d'un ou plusieurs « poètes rivaux », foi presque entièrement fondée sur l'ordre de ces mêmes *Sonnets*, dans cette même édi-tion. La croyance dans le jeune homme, la maîtresse et les poètes rivaux persiste, mais c'est une lecture qui n'est restée acceptable que parce que l'autorité du texte de 1609 a été à plusieurs reprises confirmée pendant ces dernières années. Nous pouvons désormais lire les *Sonnets* de Shakespeare comme la publication d'un ensemble écrit, retenu et mis en ordre par Shakespeare lui-même, publié non seulement avec son accord mais à son initiative, et par un libraire avec qui lui et sa troupe étaient depuis longtemps en rapport.

Ces découvertes nous permettent donc d'évoquer pertinemment le « beau jeune homme », le « rival » et la « maîtresse » comme des *personnages* ayant une autorité textuelle, donc que nous pouvons, dans un certain sens, « connaître » ; nous pouvons également en parler comme étant l'ami et la maîtresse du poète, comme ayant été à un moment donné ses amis réels, des *personnes* que nous ne pouvons connaître qu'indirectement. Il sera nécessaire de parler d'eux ici dans ces deux sens, tout en ayant conscience de la distance inévitable entre ces personnes historiquement inconnues et leur représentation dans un texte, comme de celle qui existe entre le Shakespeare du discours et le « je » shakespearien qui parle.

Le commentaire critique des *Sonnets* a toujours été dominé par deux mouvements indissociables : d'abord l'envie de découvrir leur « secret » – ce qu'ils signifient « réellement » en tant que récit autobiographique ; et deuxièmement l'envie d'épurer les *Sonnets* de ce désir passionné, souvent torturé, pour un beau jeune homme. Pendant longtemps, le fait que le comte de Southampton ait été, au début de sa carrière, le protecteur de Shakespeare fut bien commode pour les intentions idéologiques et rhétoriques de ceux qui voulaient rendre les *Sonnets* à la fois chastes et intelligibles sur le plan biographique. Le désir homosexuel des *Sonnets* fut ainsi reconstruit, il y a des années, en adulation courtisane, selon le présupposé qu'il était moins bas de la part du poète de s'aplatir pour de l'argent que d'exprimer un amour passionné pour un homme beaucoup plus jeune que lui. Les *Sonnets* en vinrent ainsi à être lus comme des poèmes de louange respectueuse, célébrant les « idéaux de la Renaissance » sur l'amitié masculine et la procréation hétérosexuelle, composés à l'adresse d'un noble protecteur par un poète de noble esprit. De la même façon, la maîtresse du poète devint une « dame » brune. (Parmi les candidates proposées il y a eu, sans aucune logique, Mary Fitton, Penelope Rich, Elizabeth Vernon, Ann Cecil, toutes des grandes dames – et, mais oui, la reine Elizabeth.) Or le mot « dame » n'apparaît pas une seule fois dans les *Sonnets*. Dans le texte même, la maîtresse du poète est représentée comme n'étant que trop commune – « la vague que tous les hommes chevauchent » (*Sonnets*, 137, 6).

Aucune tentative pour reconstruire la « véritable histoire » contenue dans les *Sonnets* de Shakespeare – ni les efforts pour identifier le jeune homme, la maîtresse, le poète rival ou les poètes rivaux, et les liens entre eux – n'a abouti, et sans doute n'aboutira jamais. Je ne suis même pas certain que nous aurions intérêt à découvrir leur identité. Mais nous avons changé de façon de penser, même sur le genre d'histoire sous-entendue par les *Sonnets*. Si les sonnets concernant le jeune homme sont une expression sublime de l'idéal de l'amitié masculine à la Renaissance, comme on l'a très souvent estimé, il est maintenant clair qu'ils ne sont nullement étrangers au désir sexuel éprouvé pour l'ami lui-même. On a cru que les *Sonnets* étaient adressés à Henry Wriothesley, ou à William Herbert, ou à quelque autre grand seigneur qui voulait soit un héritier, soit des louanges néo-platoniciennes, ou encore les deux, à un moment où Shakespeare avait besoin de quelque ample libéralité. Il semble maintenant fort douteux que Shakespeare ait jamais été le familier d'un jeune aristocrate. Que l'acteur Shakespeare soit jamais parti tout seul sur son mauvais cheval pour rendre visite à quelqu'un comme Lord Wriothesley (sonnet 51), ou que, dans un accès de jalousie sexuelle, il l'ait traité de « vulgaire » mauvaise herbe (sonnets 69, 102), ou qu'il lui ait conseillé de ne pas se masturber (sonnet 4), ou qu'il ait été en rivalité avec lui pour les affections (et les infections) d'une « dame »brune, cela n'est plus crédible, même à titre de fiction poétique.

Nous ne pouvons pas même commencer à enquêter sur les circonstances historiques des *Sonnets* de Shakespeare sans savoir à quel moment ils ont été écrits, et cela aussi a fait problème. On a largement pensé autrefois que la plupart des *Sonnets* avaient été écrits au début de la carrière de Shakespeare et publiés vers la fin, quinze ou même vingt ans s'étant écoulés entre leur composition et leur publication, en 1609, sous le titre de *Shakes-peares Sonnets*. (Le narrateur âgé des *Sonnets*, « battu et taillardé de vieillesse tannée » [sonnet 62] devenait ainsi une pose rhétorique destinée à accentuer la jeunesse relative du protecteur supposé.) Ce scénario vient en partie de ce que nous avons cru fort longtemps qu'ils avaient été écrits pour Southampton, mais l'idée que les *Sonnets* sont de la même période que des pièces comme *Peines d'amour perdues* et *Roméo et Juliette* s'est avérée persistante, et même éminemment défendable, alors que d'autres hypothèses critiques et bibliographiques se sont écroulées.

L'ancienne datation, qui faisait remonter les *Sonnets* au début des années 1590, peut être maintenant franchement abandonnée. Des études récentes ont démontré que leur vocabulaire est nettement plus tardif que celui de la seconde partie de *Henry IV* (1598) ; que les *Sonnets* évoquent aussi bien la mort de la reine Elizabeth (sonnet 107) que le couronnement du roi Jacques (sonnet 2, version MS), et que Shakespeare, dans différents sonnets, fait des emprunts à des textes qui furent publiés pour la première fois entre 1597 et 1608 [1].

Le poète lui-même semble indiquer la date de 1599 comme la plus ancienne possible pour sa première rencontre avec le « beau jeune homme ». Dans les sonnets 104-108, Shakespeare évoque la mort de la reine Elizabeth (sonnet 107) ; dans la même série, il fait des emprunts à plusieurs poèmes de *Poetical Rhapsody*, recueil qui parut en 1602, avec une réimpression en 1603. De façon significative, Shakespeare, dans le sonnet 104, rapporte qu'il y a juste trois ans que lui et le jeune homme se sont vus pour la première fois – ce qui place cette première rencontre en 1599, pas bien longtemps avant la parution des premiers sonnets. Même si nous supposons une année entière entre la composition du sonnet 104 et celle du sonnet 107, cela ne

---

1. Voir par exemple A. Kent Hieatt, T.G. Bishop et E.A. Nicholson, « Shakespeare's Rare Words : " Lover's Complaint ", *Cymbeline*, and Sonnets », *Notes and Queries*, n. s. 34,2 (1987), p. 219-224 ; A. Kent Hieatt, Charles W. Hieatt et Anne Lake Prescott, « When Did Shakespeare Write Sonnets 1609 ? », *Studies in Philology*, 88, 1 (1991), p. 69-109 ; MacD. P. Jackson, « Shakespeare's " A Lover's Complaint " : Its Date and Authenticity », University of Auckland, bulletin 72, English Series 13, Auckland, The University Press, 1965 ; et J.M. Nosworthy, « All too Short a Date : Internal Evidence in Shakespeare's Sonnets », *Essays in Criticism*, 2 (1952), p. 311-324.

laisse encore qu'un étroit espace de temps pendant lequel le poète déclare avoir croisé le regard de son jeune ami pour la première fois.

C'est dans *The Passionate Pilgrim* que Shakespeare a proclamé pour la première fois son « ménage à trois » entre jeune homme, poète et maîtresse, avec une première version de deux sonnets plus tard réimprimés par Thomas Thorp (ce sont les sonnets 138 et 144 de la suite complète). *The Passionate Pilgrim* fut publié à une date comprise entre le 25 mars 1599 et le 25 mars 1600. Mars 1600 est donc la date la plus tardive possible pour que Shakespeare ait fait la connaissance du jeune homme. S'il faut donc en croire les seuls éléments connus, et si les *Sonnets* parlent d'événements réels, alors, en suivant ce raisonnement et en prenant le poète au mot, il faut que Shakespeare et le jeune homme se soient rencontrés entre le printemps de 1599 et le printemps de 1600 – plusieurs années plus tard qu'on ne le pensait.

William Peter quitta la maison paternelle en 1599 pour entrer à Oxford. C'est donc à partir du milieu de 1599 que Peter a pu faire la connaissance de Shakespeare, soit huit mois avant la première publication, par Jaggard, du *Passionate Pilgrim*, dans lequel le triangle jeune homme-maîtresse-poète fait sa première apparition. Dans les *Sonnets* comme dans l'*Élégie*, l'ami du poète est compagnon de lit d'une femme dont le nom n'est pas donné, selon ce qui *pourrait* constituer un triangle amoureux. (Mais la compagne de Peter « depuis neuf ans » [vers 511] n'est peut-être, on l'a vu, qu'une faute d'impression.) Dans les *Sonnets* comme dans l'*Élégie*, le poète semble affirmer son innocence sexuelle, du moins en ce qui concerne le jeune homme, ayant préféré l'amour sublimé d'un texte silencieux à la copulation réelle avec son ami bien-aimé. (Mais, dans l'*Élégie*, l'aspect érotique est dissimulé et le poète est d'une austérité complète.) Et, dans les deux textes, nous entendons obliquement parler d'autres poètes rivaux qui adressaient au jeune homme des textes de louange, évidemment avec des intentions de séduction. (Mais aucun des deux textes ne permet de conclure à l'existence réelle de rivaux.)

Dans les *Sonnets*, Shakespeare se plaint d'une séparation forcée due à sa honte publique (par ex. « Je ne pourrai plus jamais te reconnaître / Si ma faute regrettée te doit faire affront », sonnet 36). Son seul recours désormais est d'aimer en silence (par ex. sonnets 23, 83, 102). Il n'y a bien sûr rien dans les recensions historiques qui indique que Shakespeare ait été impliqué dans un scandale de nature sexuelle vers la fin de 1599. Il y a uniquement la plainte insistante du poète à propos de « l'empreinte sur [son] front d'un scandale vulgaire » (sonnet 112 ; cf. sonnets 34-36, 67, 72-73, 95). Et pourtant la situation qu'on trouve dans les *Sonnets* ressemble vaguement à la plainte du poète élégiaque, qui se lamente que son nom ait été calomnié et son amour pour Peter « empêché » (223). Le poète, « connaissant la honte » (138), désireux d'oublier ces « jours de sa jeunesse » (559), a tiré profit de la leçon ; il a appris à « penser que l'amour vaut le mieux dans le silence » (205-224). La similarité du langage utilisé par W.S. le poète élégiaque et W.S. le poète des *Sonnets* laisse ouverte la possibilité que le scandale dont souffrit l'un et le

« scandale vulgaire » empreint sur le front de l'autre soit une seule et même chose.

En 1600, Shakespeare délaissa la comédie romanesque et (momentanément) le sonnet pour écrire sur Hamlet et l'oreille empoisonnée du roi de Danemark. Mais trois ans plus tard, nous trouvons le poète revenant au jeune homme, écrivant de nouveau des sonnets, tentant une réunion, rappelant sa « Muse infidèle » (sonnets 100-108). En 1603, William Peter obtint son baccalauréat ès lettres. Peu de temps après – juste avant que les *King's Men* ne quittent Londres pour faire une tournée en province –, William Peter quitta, lui, sa chambre du collège, comme l'indiquent les livres de la dépense d'Exeter College. Il y revint en novembre, au moment même où la troupe de Shakespeare jouait à Oxford, à la fin de sa tournée d'été[1].

En 1607, le père de Peter mourut. A l'automne de 1608, Peter quitta Oxford et retourna chez lui. A en croire les travaux les plus récents, c'est pendant cette période que Shakespeare achevait ou révisait les sonnets sur la procréation (sonnets 1-17, 116), où il exhorte le jeune homme à trouver une femme et à engendrer un enfant (« Mon cher amour, vous le savez, / Vous avez eu un père, que votre fils en dise autant » [sonnets 13, 14]). Finalement, en janvier 1609, Peter se maria. C'est vers cette époque que Shakespeare écrivit le sonnet appelé « sonnet du mariage » (« A l'union de deux esprits fidèles / Il ne faut point admettre d'obstacle... »), poème dont

---

1. Pour un examen des absences de Peter coïncidant avec les tournées des *King's Men*, voir *Elegy by W.S.*, 193-194.

on a récemment montré qu'il faisait des emprunts à *Amorum Emblemata*, publié en 1608[1].

Au printemps de 1609, les *Sonnets* de Shakespeare furent publiés avec « A Lover's Complaint » sous les auspices de Thomas Thorp – et publiés, à ce que nous pensons maintenant, par Shakespeare lui-même. Juste au moment où se terminait l'impression des *Sonnets*, William Peter se rendit à Oxford dix jours, en avril 1609[2]. Peter était alors marié depuis trois mois. Il reprit tout ce qui lui appartenait et qui était resté dans sa chambre d'Exeter College et revint chez lui. Quels qu'aient été ses liens avec William Shakespeare, ils ont cessé vers cette époque.

En janvier 1611-1612, apprenant que William Peter avait été assassiné, W.S. écrivit en quelques jours un poème funéraire à sa mémoire, et fit en sorte qu'il fût publié sous les auspices de Thomas Thorp, mais non, cette fois, pour le mettre en vente. Peu de temps après (peut-être en apprenant l'assassinat de Peter), William Jaggard dépoussiéra *The Passionate Pilgrim* et le réimprima, treize ans après la première édition. Ce fut la dernière fois, jusqu'après la mort de Thomas Thorp en 1639, qu'un des sonnets de Shakespeare fut réimprimé.

Que le jeune homme des *Sonnets* ait pour prénom William

---

1. Horst Meller, « An Emblematic Background for Shakespeare's Sonnet 116 », *Archiv* 217, 1 (1980), p. 39-61.
2. Le texte de *Shakes-peares Sonnets* fut inscrit au registre de la compagnie des libraires, pour en assurer les droits, le 20 mai 1609, mais l'in-quarto était déjà imprimé en avril 1609, comme nous l'apprend Robert Gray dans son *Good Speed to Virginia*. Dans sa dédicace, datée du 28 avril 1609, Gray mentionne l'in-quarto de Thorp. Les livres de la dépense d'Exeter College indiquent que Peter demeura dix jours dans sa chambre, du 13 au 24 avril. Savoir s'il est jamais retourné à Oxford est impossible, les livres de la dépense des années 1610-1612 ayant disparu.

est évident d'après les sonnets 135 et 136 où le poète joue sur *will* signifiant « désir », Will prénom du poète et Will prénom du beau jeune homme. Le nom de famille de l'ami n'est jamais suggéré, à moins que l'on ne suppose qu'il s'appelait William Rose. Le texte de 1609 des *Sonnets* commence par exhorter le jeune homme à perpétuer sa beauté en engendrant une image de lui-même : « Des plus belles créatures nous désirons qu'elles se multiplient, / Pour qu'ainsi sa Rose de beauté ne meure pas » (sonnet 1, vers 1-2). Dans l'in-quarto de 1609, le mot « Rose » commence par une capitale et est en italiques, et il a également une capitale chaque fois qu'il apparaît dans ce texte de 1609 (par ex. « Un ver dans l'odorante Rose / Souille la beauté de ton nom en fleur », sonnet 95, vers 2-3). Ceci a conduit quelques lecteurs à supposer que le nom de l'ami était Will Rose – ce qui est possible, auquel cas il n'y a plus à parler de William Peter.

Une autre interprétation, plus défendable, fait de « Rose » le surnom poétique donné par le poète à son jeune ami, ce qui correspond au nom imaginaire de l'objet aimé dans presque toutes les suites de sonnets de l'âge élisabéthain (Phillida, Idea, Stella, Ganymède, etc., le plus souvent attribué dès la première page de vers). La plupart des lecteurs modernes, cependant, ont lu « Rose » comme l'emblème de la beauté du garçon, beauté qui se devait d'être perpétuée dans l'image d'un enfant. D'autre part, il n'est pas indifférent de remarquer que, en 1610, William Peter prénomma sa première fille Rose. Ce n'est peut-être, ici aussi, qu'une coïncidence intéressante – cependant aucune femme de la famille Peter, depuis au moins trois générations, n'avait reçu le nom de Rose. Toutes les épouses, filles, mères, s'appelaient Elizabeth, Frances, Mary ou Margaret, noms parfois répétés deux ou trois fois pour des enfants de la même famille. Aucune des femmes de la famille Brewton (les beaux-parents de Peter) ne s'appelait non plus Rose. C'était donc une innovation.

La chaîne des coïncidences se poursuit. Un an après la mort de Peter, Shakespeare, en collaboration avec John Fletcher, écrivit une pièce sur une querelle entre deux parents. Le personnage d'Arcite qui ressemble à Peter, est décrit en termes laudatifs et traité de Ganymède. Quant à Palamon, qui ressemble à Drew, c'est un être hargneux qui menace d'enfoncer un pieu dans la tête d'Arcite et qui, par la suite, s'évade de prison. Arcite, qui tout au long de la pièce est évoqué au passé comme s'il était mort, est tué dans la scène finale alors qu'il est à cheval, tué par une force dont Pirithous, un des personnages, dit qu'il ne peut la nommer. La fiancée d'Arcite est abandonnée, avec pour seule consolation une unique rose qui lui est envoyée du ciel. D'autres détails des *Two Noble Kinsmen* donnent à penser que la dernière pièce de Shakespeare peut être considérée comme un roman à clefs, un récit inspiré autant par le *Conte du chevalier* de Chaucer que par la triste histoire de William Peter et de son criminel jeune ami Edward Drew.

Il me paraît tout à fait improbable que nous arrivions jamais à un accord sur l'identité de la maîtresse de Shakespeare, ou de celui qu'on appelle le « beau jeune homme ». Après avoir examiné tous les documents d'archives pertinents, avoir fait flèche de tout bois, je suis certain que l'identification de Will Peter avec le jeune homme des *Sonnets* ne peut être prouvée. Bien sûr, il se peut que les correspondances que j'ai indiquées ici – entre la vie obscure de Will Peter et l'histoire mal connue des *Sonnets* de Shakespeare – ne soit que coïncidence. Le problème reste à étudier.

Il ne faut pas non plus que la question : « Qui a écrit l'*Élégie funèbre* ? » se trouve liée à la question : « A qui les *Sonnets* sont-ils adressés ? ». On ne peut faire d'une incertitude manifeste le point à partir duquel résoudre l'autre incertitude. La correspondance thématique entre les *Sonnets* et l'*Élégie* ne peut être la preuve que c'est Shakespeare qui a écrit l'*Élégie*. Pourtant, je crois fort probable que dans les années qui viennent, l'*Élégie funèbre* viendra modifier notre façon de comprendre les *Sonnets*, et réciproquement, peut-être d'une façon que nous ne pouvons pas même, pour l'heure, imaginer.

LA TRADUCTION

Je voudrais terminer par quelques mots d'éloge pour le travail qu'a accompli Lucien Carrive en traduisant l'*Élégie* en français.

C'est précisément parce qu'il lui paraît stupéfiant que William Shakespeare ait écrit pareil poème qu'il s'est trouvé particulièrement apte à le traduire. Les spécialistes qui ont déjà admis que Shakespeare en soit l'auteur auraient été tentés en le traduisant de l'améliorer, de le rendre plus animé, plus spirituel, plus chargé de métaphores. Lucien Carrive nous donne l'*Élégie funèbre* sans dorer la pilule. Sa traduction est une traduction franche, en prose, d'un texte que beaucoup de lecteurs trouveront peut-être plus intéressant pour ses données biographiques que par sa poésie. Ce travail savant et sûr rendra un service inestimable aux lecteurs français pour leur faire connaître l'*Élégie funèbre* de W[illiam] S[hakespeare], mais de l'avoir traduite ne signifie pas qu'il prend à son compte l'attribution à Shakespeare.

Cette *Élégie funèbre* n'est pas facile à traduire. Elle est difficile à lire même dans son texte anglais original. A.C. Partridge a remarqué que Shakespeare a tendance, dans ses dernières pièces, « à perdre le fil de ses propositions relatives, surtout s'il les utilise de façon continue et au voisinage d'expressions participiales (ou de propositions adverbiales) de temps [1] ». Partridge en donne, tirés de *Henry VIII* de Shakespeare, de nombreux exemples dont on trouve un parallèle dans l'*Élégie* aux vers 137-144, 230-234, 273-300, 399-414, 451-456 et 553-568. Lucien Carrive débrouille d'une main exercée la syntaxe contournée du poète. L'*Élégie* abonde également en tournures inhabituelles, comme l'hypallage – la substitution d'une partie du discours à une autre – et elle se sert d'un vocabulaire et d'emplois vieillis. De plus, les nombreuses ambiguïtés poé-

---

1. A.C. Partridge, *Orthography in Shakespeare and Elizabethan Drama*, Lincoln, University of Nebraska Press, 1964, p. 158.

tiques résistent à toute traduction. Si, comme l'a dit un jour W.H. Auden, « La poésie, c'est ce qui ne peut être traduit », alors, ce qu'on peut espérer de mieux, c'est de la rendre en prose fidèle, et c'est bien ce que Lucien Carrive a fait.

Donald W. Foster
1er mai 1996

NOTE SUR LE TEXTE

Le texte anglais de l'*Élégie* est donné dans l'in-quarto de 1612, *A Funerall Elegy in Memory of the Late Vertuous Maister William Peeter*. By *W.S.*, Londres, G[eorge] E[ld] [for Thomas Thorp], 1612.

Si limité que semble avoir été le tirage, il subsiste deux exemplaires de cet in-quarto de 1612, tous deux à Oxford, un à la Bibliothèque bodléienne et un à la bibliothèque de Balliol College. Cet in-quarto (que je désignerai par « Q ») est d'une impression peu soignée, et la ponctuation est partout mise à la légère. Des fautes d'impression manifestes (*Sot* au lieu de *Sat*, *goood* au lieu de *good, witnesles* au lieu de *witnesses*, etc.) ont été ici directement corrigées. J'ai fait deux corrections de fond (dont la première m'a été aimablement suggérée par G. Blackmore Evans) : au vers 8, Q donne « Sith as euer hee maintain'd the same », ce qui est incorrect et n'a guère de sens. Quand il y a « it », on attend « that », puisque dans la poésie élisabéthaine *that* était couramment utilisé comme affixe conjonctif après *as*. Il est probable que le typographe a simplement confondu le « Y¹ » (signifiant *that*) de l'auteur avec « yt » (au lieu de « it »).

Deuxièmement, au vers 441, « prophane » semble être une faute typographique lorsque le manuscrit de l'auteur portait « prophand » ; c'est donc « profan'd » que donne la présente édition. Les compositeurs de l'atelier où fut imprimé l'in-quarto, souvent désorientés, semble-t-il, par les enjambements très fréquents et la ponctuation très discrète du poète, ont procédé à une forte ponctuation, qui rend souvent le sens confus. Dans cette édition, normalisée avec modération, la ponctuation est restée légère. Les noms communs qui avaient une initiale capitale et qui étaient en italiques ont gardé la capitale mais non les italiques, afin de maintenir l'accent d'insistance que met l'original sur les noms personnifiés et sur les jeux de mots verbaux (par ex. Ridgeway au vers 41, Drew au vers 342, Rock au vers 321 – jeux de mots qui naturellement disparaissent dans la traduction). Les citations qui dans Q sont en italiques sont ici entre guillemets. L'orthographe a été mise en conformité avec l'usage moderne, bien que j'aie conservé les formes anciennes lorsqu'elles représentent des variantes jacobéennes dans la forme, et non seulement dans la graphie des mots, par exemple *sith, conster, disgest, adventers, strook,* et la fréquente élision des participes, comme *Rememb'ring, sund'red.*

A FUNERAL ELEGY
in Memory of the Late Virtuous
Master William Peter
of Whipton near
Excester

by W.S.

ÉLÉGIE FUNÈBRE
en Vertueuse Mémoire de
feu Mr William Peter,
de Whipton près Exeter

par W.S.

Pour faciliter la lecture parallèle de l'original et de la traduction, on a choisi de respecter le strict face à face des textes anglais et français, ce qui occasionne, dans le texte anglais, certains « blancs ». Il va de soi que les vers de l'*Élégie* se suivent sans interruption ni marque strophique.

To Master John Peter
of Bowhay in Devon, Esq.

The love I bore to your brother, and will do to his memory, hath crav'd from me this last duty of a friend; I am herein but a second to the privilege of Truth, who can warrant more in his behalf than I undertook to deliver. Exercise in this kind I will little affect, and am less addicted to, but there must be miracle in that labor which, to witness my remembrance to this departed gentleman, I would not willingly undergo. Yet whatsoever is here done, is done to him, and to him only. For whom and whose sake I will not forget to remember any friendly respects to you, or to any of those that have lov'd him for himself, and himself for his deserts.

W. S.

A Monsieur John Peter,
de Bowhay en Devon.

L'amour que je portais à votre frère, et que je veux porter à son souvenir, a exigé de moi ce dernier service d'ami ; en ceci je ne fais qu'assister les droits de la vérité, qui peut en certifier davantage sur son compte que je n'ai entrepris d'en exprimer. Des exercices de ce genre sont ce que je n'aime guère, et à quoi je m'adonne moins encore, mais il faut qu'il y ait du miracle dans cette tâche à laquelle, pour témoigner de mon souvenir de ce défunt gentilhomme, je ne me soumettrais pas volontiers. Mais tout ce qui est fait ici est fait pour lui et pour lui seulement. Pour lui et à cause de lui, je ne veux pas oublier de me rappeler toutes respectueuses affections à votre égard, ou à l'égard de tous ceux qui l'ont aimé pour lui-même, et lui-même pour ses mérites.

W.S.

A FUNERAL ELEGY

Since Time, and his predestinated end,
Abridg'd the circuit of his hopeful days,
Whiles both his Youth and Virtue did intend
The good endeavors of deserving praise,
5 What memorable monument can last
Whereon to build his never-blemish'd name
But his own worth, wherein his life was grac'd—
Sith as [that ¹] ever he maintain'd the same?
Oblivion in the darkest day to come,
10 When sin shall tread on merit in the dust,

Cannot rase out the lamentable tomb
Of his short-liv'd deserts; but still they must,
Even in the hearts and memories of men,
Claim fit Respect, that they, in every limb

15 Rememb'ring what he was, with comfort then

---

1. *That :* Q it.

ÉLÉGIE FUNÈBRE

Puisque le Temps, et sa fin prédéterminée,
Ont abrégé le cours de ses jours prometteurs,
Où sa Jeunesse et sa Vertu s'attachaient également
Au noble effort de mériter la louange,
5 Quel monument mémorable peut durer
Sur quoi édifier son nom à jamais sans tache
Sinon sa propre valeur, qui fut la grâce de sa vie –
Puisque telle il l'a toujours soutenue ?
L'oubli qui doit venir au jour le plus noir,
10 Quand le péché foulera aux pieds dans la poussière la valeur,
Ne pourra pas abattre le tombeau mélancolique
De ses brèves vertus, mais celles-ci toujours
Dans le cœur même et la mémoire des hommes,
Exigeront d'être dûment considérées, afin qu'eux, en chaque membre
15 Se souvenant de ce qu'il fut, réconforté alors,

May pattern out one truly good, by him.

For he was truly good, if honest care
Of harmless conversation may commend
A life free from such stains as follies are,
20 Ill recompensed only in his end.
Nor can the tongue of him who lov'd him least

(If there can be minority of love
To one superlative above the rest

Of many men in steady faith) reprove
25 His constant temper, in the equal weight
Of thankfulness and kindness: Truth doth leave
Sufficient proof, he was in every right
As kind to give, as thankful to receive.

The curious eye of a quick-brain'd survey
30 Could scantly find a mote amidst the sun

Of his too-short'ned days, or make a prey
Of any faulty errors he had done–
Not that he was above the spleenful sense

And spite of malice, but for that he had
35 Warrant enough in his own innocence

Tracent sur son modèle l'image d'un véritable homme de
bien.
Car homme de bien il le fut vraiment, si l'honnête souci
D'une conduite irréprochable peut rendre louable
Une vie libre de ces taches que sont les folies,
20 Mal récompensée seulement dans sa fin.
Elle ne peut non plus, la langue de celui qui l'aimait le
moins
(S'il peut y avoir un moindre degré d'amour
Envers un homme qui l'emportait sur le plus grand nombre
des autres
En inébranlable fidélité), blâmer
25 Sa disposition constante à donner même poids
À la gratitude et à la bonté. La Vérité en laisse
Suffisant témoignage, il avait en tout ce qui est droit
Autant de bonté en donnant que de reconnaissance en
recevant.
Le regard enquêteur d'un examen perspicace
30 Pourrait à peine trouver un atome de poussière dans le
soleil
De ses jours trop raccourcis, ou se saisir
D'aucune erreur blâmable qu'il eût commise.
Non qu'il fût hors de portée de l'intention et du ressenti-
ment [1]
Atrabilaires de la malveillance, mais parce qu'il avait
35 Défense suffisante en sa propre innocence

1. Hendiadys, au lieu de « l'intention pleine de ressentiment ». *Sense* signifie « significa-
tion » et aussi « sensation »

Against the sting of some in nature bad.
Yet who is he so absolutely blest
That lives encompass'd in a mortal frame,
Sometime in reputation not oppress'd
40 By some in nothing famous but defame?
Such in the By-path and the Ridgeway [1] lurk

That leads to ruin, in a smooth pretense
Of what they do to be a special work
Of singleness, not tending to offense;
45 Whose very virtues are, not to detract
Whiles hope remains of gain (base fee of slaves),

Despising chiefly men in fortunes wrack'd–
But death to such gives unrememb'red graves.
Now therein liv'd he happy, if to be
50 Free from detraction happiness it be.
His younger years gave comfortable hope
To hope for comfort in his riper youth,
Which, harvest-like, did yield again the crop
Of Education, better'd in his truth.
55 Those noble twins of heaven-infused races,
Learning and Wit, refined in their kind
Did jointly both in their peculiar graces
Enrich the curious temple of his mind;

1. *Ridgeway* : prob. referring to the Exeter-London road on which Peter died. It was a raised causey, known as « the Ridgeway » ; but perhaps also with a disapproving glance at Peter's fiercely Protestant uncle, Sir Thomas Ridgeway, then Secretary of Wars in Ireland. The Peters and Drews of Devonshire appear to have remained mostly Catholic.

Contre les coups de ceux dont la nature est mauvaise.
Pourtant qui est si absolument favorisé,
Vivant enfermé dans un corps mortel,
Qu'il ne soit parfois accablé dans sa réputation
40 Par ceux qui ne sont fameux que par leurs diffamations ?
Ce sont ceux-là qui rôdent dans les Pistes [1] et les Sentiers écartés
Qui conduisent à la perte, sous le prétexte doucereux
Que leur affaire est une tâche particulière
De droiture, qui ne vise aucun mal,
45 Ceux dont la vertu vraie est de ne point se détourner
Tant que demeure un espoir de gain (vil salaire des âmes basses),
Méprisant surtout les hommes à la fortune perdue.
Mais à ceux-là la mort donne une tombe oubliée.
Oui, en ceci il vécut heureux, si d'être
50 Libre de détours est bonheur.
Ses jeunes années donnèrent réconfortante espérance
D'espérer de la force en sa jeunesse plus avancée
Qui, telle une moisson, a produit à son tour la récolte
De l'éducation, rendue meilleure dans sa sincérité.
55 Ces deux nobles jumeaux de races instillées du ciel,
La Science et l'Esprit, affinés chacun en son genre,
Ont en commun, dans leurs grâces particulières,
Enrichi le temple raffiné de son intelligence ;

1. Le mot anglais *Ridgeway* désigne une piste ou une route de crête. C'était aussi le nom propre de la route, près d'Exeter, où William Peter fut assassiné. Il y a peut-être une allusion à Sir Thomas Ridgeway, oncle de William Peter, alors secrétaire aux Guerres en Irlande et ardent protestant alors que les Peter et les Drew étaient probablement catholiques.

Indeed a temple, in whose precious white
60 Sat Reason by Religion oversway'd,
Teaching his other senses, with delight,
How Piety and Zeal should be obey'd–
Not fruitlessly in prodigal expense
Wasting his best of time, but so content

65 With Reason's golden Mean to make defense
Against the assault of youth's encouragement;
As not the tide of this surrounding age
(When now his father's death [1] had freed his will [2])

Could make him subject to the drunken rage
70 Of such whose only glory is their ill.
He from the happy knowledge of the wise
Draws virtue to reprove secured fools
And shuns the glad sleights of ensnaring vice
To spend his spring of days in sacred schools.
75 Here gave he diet to the sick desires
That day by day assault the weaker man
And with fit moderation still retires
From what doth batter virtue now and then.
But that I not intend in full discourse

1. *Father's death* : Otho Peter, ob. June 1607.
2. *Will* : with an apparent pun on Will; cf. 246, 291, 338.

Temple en vérité, où dans sa précieuse blancheur
60 Siégeait la Raison gouvernée par la Religion,
Enseignant à ses autres sens, avec ravissement,
Qu'il faut obéir à la Piété et au Zèle –
Non pas stérilement en dilapidations
Perdant le plus beau de son temps, mais se contentant si
bien
65 De se défendre par la Modération d'or de la Raison
Des assauts qu'anime la jeunesse ;
Puisque le flot du siècle qui l'entourait
(Quand désormais la mort de son père[1] avait affranchi sa
volonté[2])
Ne put le soumettre à la fureur ivre
70 De ceux qui ne mettent leur gloire que dans leur mal.
Pour lui, tirant de l'heureuse science des sages
La vertu de condamner les fous assurés d'eux-mêmes,
Il fuit les plaisants artifices du vice et de ses pièges
Et passe le printemps de son âge dans les écoles sacrées.
75 Là il met au régime les désirs malades
Qui tous les jours assaillent la faiblesse des hommes,
Et avec une modération convenable se retire toujours
De ce qui par moments bat la vertu en brèche.
N'était que je ne veux pas en un récit complet

---

1. Otho Peter, mort en juin 1607.
2. Volonté, en anglais *will* ; il y a peut-être un jeu de mots avec la forme familière, et habituelle, du prénom William. De même aux vers 246 (où *will* a été traduit par « ferme volonté »), 291 (où il a été traduit par   appétit ») et 338 (où il a été traduit par « bienveillance »).

80 To progress out [1] his life, I could display
A good man in each part exact [2] and force
The common voice to warrant what I say.
For if his fate and heaven had decreed
That full of days he might have liv'd to see
85 The grave in peace, the times that should succeed
Had been best-speaking witnesses with me;
Whose conversation so untouch'd did move
Respect most in itself, as who would scan

His honesty and worth, by them might prove
90 He was a kind, true, perfect gentleman—
Not in the outside of disgraceful folly,
Courting opinion with unfit disguise,
Affecting fashions, nor addicted wholly
To unbeseeming blushless vanities,
95 But suiting [3] so his habit [4] and desire
As that his Virtue was his best Attire.
Not in the waste of many idle words
Car'd he to be heard talk, nor in the float
Of fond conceit, such as this age affords,
100 By vain discourse upon himself to dote;
For his becoming silence gave such grace

1. *Progress out* : narrativize, as in a stage play.
2. *In each part exact* : 1. in each personal trait ; 2. in each acted theatrical part, if « progressed out » (Richard Abrams compares *Cym.* 2.4.70-6, *Tmp.* 1.2.238, et al.).
3. *Suiting* : fitting the one to the other; dressing.
4. *Habit* : outward fashion; customary demeanor.

80 Tracer [1] toute la marche de sa vie, je pourrais montrer
Un homme de bien exact en toutes ses parties [2] et forcer
La voix publique à certifier ce que je dis.
Car si son destin et le ciel avaient décrété
Que rassasié de jours il ait pu vivre jusqu'à contempler
85 Le tombeau paisiblement, les années qui auraient suivi
Eussent été à mes côtés les témoins les plus éloquents,
Lui dont la conversation sans tache excitait
Par elle-même d'abord le respect. Et ainsi qui voudrait exa-
miner
Son honneur et sa dignité, pourrait par eux établir
90 Que c'était un bon, un loyal, un parfait gentilhomme –
Non dans l'extérieur de honteuses folies
Flattant l'opinion d'un déguisement indigne,
S'attachant aux modes, non plus qu'entièrement adonné
A de messéantes et impudentes vanités,
95 Mais accommodant si bien sa tenue [3] et son désir
Que sa Vertu était son meilleur Ornement.
Ce n'est pas dans la prodigalité de maints propos oiseux
Qu'il aimait se faire entendre, ni dans la profusion
De ces sottes boutades que notre siècle produit,
100 Dans le vain propos de s'admirer lui-même ;
Car son silence bienséant donnait tant de grâce

1. En anglais, le terme *progress out* appartient au vocabulaire du théâtre.
2. Anglais *in each part exact*, c'est-à-dire sans doute à la fois « dans tout son caractère »
et, continuant la métaphore d'un récit théâtral du vers précédent, « dans chacun de ses
rôles ». Richard Adams rapproche ceci de différents passages de Shakespeare, en particulier *Cymbeline*, 2, 4, 70-76 et *La Tempête* 1, 2, 238.
3. Le mot anglais (*habit*) signifie à la fois « vêtement » ou « habit » et « manière d'être
habituelle ».

To his judicious parts, as what he spake
Seem'd rather answers which the wise embrace
Than busy questions such as talkers make.
105 And though his qualities might well deserve
Just commendation, yet his furnish'd mind
Such harmony of goodness did preserve
As nature never built in better kind;
Knowing the best, and therefore not presuming

110 In knowing, but for that it was the best,
Ever within himself free choice resuming
Of true perfection, in a perfect breast;
So that his mind and body made an inn,
The one to lodge the other, both like fram'd
115 For fair conditions, guests that soonest win

Applause; in generality, well fam'd,
If trim behavior, gestures mild, discreet
Endeavors, modest speech, beseeming mirth,
True friendship, active grace, persuasion sweet,
120 Delightful love innated from his birth,
Acquaintance unfamiliar, carriage just,
Offenseless resolution, wish'd sobriety,
Clean-temper'd moderation, steady trust,
Unburthen'd conscience, unfeign'd piety;
125 If these, or all of these, knit fast in one

À son jugement, que ce qu'il disait
Semblait plutôt réponses auxquelles les sages acquiescent
Que questions importunes comme en font les bavards.
105 Et quoique ses qualités eussent bien mérité
Une juste louange, son esprit bien orné
Conservait une harmonie de vertu
Telle que la nature n'en a jamais construit meilleure ;
Sachant ce qu'était le plus grand bien, et par conséquent
sans présomption
110 De connaissance, sauf pour le plus grand bien,
Un libre choix intérieur revenant toujours
A la vraie perfection en un cœur parfait ;
Ainsi son esprit et son corps faisaient une auberge
L'un pour y loger l'autre, tous deux formés
115 Pour d'heureuses circonstances, hôtes [1] qui les premiers
suscitent
L'approbation ; de façon générale, de bonne réputation,
Si une conduite nette, une attitude discrète, des efforts
Judicieux, une parole modeste, une joie convenable,
Une amitié fidèle, une grâce active, une douce persuasion,
120 Le délicieux amour implanté dès sa naissance,
Une conversation sans familiarité, un comportement juste,
Une résolution qui ne blessait pas, une sobriété désirée,
Une modération proprement tempérée, une confiance ferme,
Une conscience pure, une piété non feinte –
125 Si ceux-ci, ou tous ceux-ci, solidement unis en un seul être,

---

1. Le mot anglais (*guests*) s'applique uniquement à ceux qui sont reçus.

Can merit praise, then justly may we say,
Not any from this frailer stage is gone
Whose name is like to live a longer day–
Though not in eminent courts or places great

130 For popular concourse, yet in that soil
Where he enjoy'd his birth, life, death, and seat

Which now sits mourning his untimely spoil.
And as much glory is ıt to be good
For private persons, in their private home,
135 As those descended from illustrious blood
In public view of greatness, whence they come.
Though I, rewarded with some sadder taste
Of knowing shame, by feeling it have prov'd
My country's [1] thankless misconstruction cast
140 Upon my name and credit [2] both unlov'd
By some whose fortunes, sunk into the wane
Of plenty and desert, have strove to win
Justice by wrong, and sifted to embane
My reputation with a witless sin;
145 Yet time, the father of unblushing truth,
May one day lay ope malice which hath cross'd it,

And right the hopes of my endangered youth,

1. *Country* : probably, the English Midlands (*OED*: country, sb. 1, 2, 4); but perhaps also nationally (*OED*, sb. 3, 4).
2. *Credit* : honorable reputation; credibility.

Peuvent mériter la louange, alors justement on peut dire
Que nul n'a quitté cette scène fragile
Avec un nom susceptible de vivre plus longtemps –
Non pas dans les cours des grands ou dans les lieux
d'importance
130 Par les foules qui s'y assemblent, mais sur le sol
Où il connut sa naissance, sa vie, sa mort et sa résidence,
Et qui maintenant pleure sa perte prématurée.
Et il y a autant de gloire à être homme de bien
Pour des personnes privées, dans leur demeure privée.
135 Que pour ceux qui sont descendus d'un sang illustre
    Et dont la grandeur dont ils sont issus est exposée à la vue
de tous.
Même si pour moi, puni par quelque plus triste saveur
D'une honte connue, en la ressentant j'ai éprouvé
L'ingrate mésinterprétation que ma patrie [1] jeta
140 Sur mon nom et ma renommée, que n'aimaient pas
Certains dont la fortune, tombée dans son déclin
D'abondance et de mérite, a tenté d'obtenir
Justice par l'injustice, et tout scruté pour détruire
Ma réputation par un péché absurde ;
145 Cependant le temps, père de l'intrépide vérité,
Viendra peut-être un jour dénoncer la méchanceté qui s'y
est opposée,
Et rétablir l'espoir de ma jeunesse menacée,

---

1. Soit la petite patrie, la région natale, soit même toute l'Angleterre.

Purchasing credit in the place [1] I lost it –
Even in which place the subject of the verse
150 (Unhappy matter of a mourning style
Which now that subject's merits doth rehearse)
Had education and new being; while
By fair demeanor he had won repute
Amongst the all of all that lived there,
155 For that his actions did so wholly suit
With worthiness, still memorable here.
The many hours till the day of doom

Will not consume his life and hapless end,
For should he lie obscur'd without a tomb,
160 Time would to time his honesty commend;
Whiles parents to their children will make known,

And they to their posterity impart,
How such a man was sadly overthrown
By a hand guided by a cruel heart,
165 Whereof as many as shall hear that sadness
Will blame the one's hard fate, the other's madness;
Whiles such as do recount that tale of woe,
Told by remembrance of the wisest heads,
Will in the end conclude the matter so,
170 As they will all go weeping to their beds.

1. *The place* : Oxford.

Procurant estime au lieu[1] où je l'avais perdue
En ce lieu même où le sujet de mes vers
150 (Triste matière d'un style affligé
Qui maintenant relate les mérites de ce sujet)
Reçut l'instruction et son être neuf ; tout ce temps
Par sa noble conduite il avait obtenu renom
Parmi tous de tous ceux qui y vivaient,
155 Parce que ses actes s'accordaient entièrement
À la vertu, qui ici est encore en mémoire.
Les heures nombreuses qui nous séparent du jour du juge-
ment
Ne consumeront point sa vie et sa malheureuse fin
Car s'il devait reposer obscur et sans tombeau
160 Le temps au temps confierait son honneur,
Cependant que les parents feraient connaître à leurs
enfants,
Et ceux-ci transmettraient à leur postérité,
La façon dont un tel homme fut lamentablement abattu
Par une main qu'un cœur cruel guidait,
165 Ce dont tous ceux qui apprendront cette lamentable histoire
Accuseront le sort rigoureux de l'un et la folie de l'autre ;
Tandis que ceux qui rapporteront ce malheureux récit,
Raconté par la mémoire des têtes les plus sages,
Finiront par conclure l'histoire
170 En allant se coucher dans leur lit en pleurant.

1. Oxford.

For when the world lies winter'd in the storms
Of fearful consummation, and lays down
Th' unsteady change of his fantastic forms,
Expecting ever to be overthrown;
175 When the proud height of much affected sin
Shall ripen to a head, and in that pride
End in the miseries it did begin
And fall amidst the glory of his tide;
Then in a book ¹ where every work is writ
180 Shall this man's actions be reveal'd, to show
The gainful fruit of well-employed wit,
Which paid to heaven the debt that it did owe.
Here shall be reckon'd up the constant faith,
Never untrue, where once he love profess'd;
185 Which is a miracle in men, one saith,
Long sought though rarely found, and he is best

Who can make friendship, in those times of change,
Admired more for being firm than strange.

When those weak houses of our brittle flesh
190 Shall ruin'd be by death, our grace and strength,
Youth, memory and shape that made us fresh

Cast down, and utterly decay'd at length;

1. *A book* : the Book of Life (Rev. 3:5, 22:19, etc.); perhaps also anticipating the poet's own collected works; cf. « Here... » (i.e., in this text), line 183.

Car lorsque le monde sera dans l'hiver des tempêtes
De sa terrible fin, et qu'il abandonnera
Les changements instables de ses formes fantastiques,
S'attendant à chaque instant à être abattu,
175 Lorsque les hauteurs orgueilleuses du péché bien aimé,
Toucheront à leur fin et, pour cet orgueil,
Se termineront dans les souffrances qu'elles ont engendrées
Et tomberont en pleine gloire dans le flot ;
Alors dans un livre[1] où toute œuvre est écrite
180 Les actes de cet homme seront révélés, et manifesteront
Le fruit profitable d'un esprit bien employé,
Qui a payé au ciel la dette qu'il lui avait.
Là on trouvera le compte de sa fidélité inébranlable,
Jamais déloyale quand une fois il a déclaré aimer,
185 Ce qui chez les hommes est, dit-on, un miracle,
Longtemps cherché mais rarement trouvé, et celui-là est le
plus précieux
Qui, en ces temps d'inconstance, sait faire admirer l'amitié
Davantage parce qu'elle est ferme que parce qu'elle est dis-
tante.
Lorsque ces faibles demeures de notre chair fragile
190 Seront détruites par la mort, que notre grâce et notre force,
La jeunesse, la mémoire et la forme qui nous faisaient
vigoureux
Seront en déclin, et finalement totalement abattues,

---

1. Le « Livre de Vie » mentionné dans l'Apocalypse (3, 5 ; 22, 19), et peut-être, par anti-
cipation, les œuvres complètes du poète. C'est peut-être aussi ce que signifie le *here* du vers
183.

When all shall turn to dust from whence we came

And we low-level'd in a narrow grave,
195 What can we leave behind us but a name,
Which, by a life well led, may honor have?
Such honor, O thou youth untimely lost,
Thou didst deserve and hast; for though thy soul

Hath took her flight to a diviner coast,
200 Yet here on earth thy fame lives ever whole,
In every heart seal'd up, in every tongue
Fit matter to discourse, no day prevented
That pities not thy sad and sudden wrong,
Of all alike beloved and lamented
205 And I here to thy memorable worth,
In this last act of friendship, sacrifice
My love to thee, whicn I could not set forth
In any other habit of disguise [1].
Although I could not learn, whiles yet thou wert,
210 To speak the language of a servile breath,
My truth stole from my tongue into my heart,
Which shall not thence be sund'red, but in death.
And I confess my love was too remiss
That had not made thee know how much I priz'd thee,
215 But that mine error was, as yet it is,

1. *Habit of disguise* : 1. fashion; 2. under the guise of my customary (theatrical?) mode.

Lorsque tous nous retournerons à la poussière dont nous
sommes venus
Et que nous serons abaissés dans une étroite tombe,
195 Que pourrons-nous laisser après nous qu'un nom
Qui, par une vie bien vécue, pourra être en honneur ?
Pareil honneur, ô jeune homme précocement perdu,
C'est ce que tu as mérité et que tu possèdes ; car bien que
ton âme
Ait pris son vol pour un bord plus divin,
200 Ici-bas cependant ta réputation vit toujours intacte,
Enfermée dans chaque cœur, et sur chaque langue
Juste matière à paroles ; aucun jour à venir
Qui n'ait pitié de ton triste et soudain désastre,
De tous également aimé et déploré.
205 Et moi ici, à ton mérite mémorable,
Par cet acte ultime d'amitié, je te fais offrande
De mon amour, que je n'ai pu exprimer
Sous le déguisement d'aucun autre vêtement[1].
Si je n'ai pu parvenir, pendant que tu étais encore,
210 À parler le langage d'un souffle asservi,
Ma vérité s'est glissée de ma langue dans mon cœur,
Dont rien ne la séparera plus, que la mort.
Et j'avoue que mon amour fut bien négligent
De ne pas t'avoir fait savoir de quel prix tu étais pour moi,
215 N'était que mon erreur fut, comme elle l'est encore,

---

1. Au sens métaphorique général de « déguisement », et peut-être au sens concret d'acteur ou de rôle de théâtre.

To think love best in silence [1]: for I siz'd thee

By what I would have been, not only ready
In telling I was thine, but being so,
By some effect to show it. He is steady
220 Who seems less than he is in open show.

Since then I still reserv'd to try the worst

Which hardest fate and time thus can lay on me.

T'enlarge my thoughts was hindered [2] at first,
While thou hadst life; I took this task upon me,
225 To register with mine unhappy pen
Such duties as it owes to thy desert,
And set thee as a precedent to men,
And limn thee to the world but as thou wert—
Not hir'd, as heaven can witness in my soul,
230 By vain conceit to please such ones as know it,
Nor servile to be lik'd, free from control,
Which, pain to many men, I do not owe it.
But here I trust I have discharged now
(Fair lovely branch too soon cut off) to thee,
235 My constant and irrefragable vow,
As, had it chanc'd, thou mightst have done to me—

1. *Love in silence* : cf. *Sonnets* 23, 83, 102, *Lr.* 1.2.62, et al.
2. *Hindered* : cf. line 68.

De croire que l'amour est le plus précieux dans le silence [1] ;
car je te jugeais
Par ce que j'aurais voulu être, non seulement prompt
À te dire que j'étais à toi, mais, l'étant,
Par quelque conséquence le montrer. Il est ferme,
220 Celui qui en fait paraître en manifestations moins qu'il
n'est.
Depuis lors j'ai toujours tardé jusqu'à connaître le plus
grand malheur
Que le sort le plus rude et le temps pouvaient ainsi m'infliger.
Libérer mes pensées me fut d'abord interdit [2],
Tant que tu étais en vie ; je me suis imposé
225 De consigner de ma plume infortunée
Les hommages qu'elle doit rendre à ton mérite,
Et de te proposer comme un précédent aux hommes,
Et de te peindre au monde tel seulement que tu étais –
Sans y être engagé, le ciel en mon âme peut en témoigner,
230 Par la vaine idée de plaire à ceux qui en ont connaissance,
Ni d'être servile pour être agréable –, sans contrôle,
Ce que, si pénible que ce soit à beaucoup, je ne dois à personne.
Mais ici je crois que je me suis maintenant acquitté
(Beau rameau charmant trop tôt détaché) envers toi
235 De mon vœu constant et inviolable,
Comme, s'il en était ainsi advenu, tu l'aurais fait pour moi –

---

1. Cf. Shakespeare, *Sonnets* 23, 83, 102 ; *Le Roi Lear*, 1, 2, 62 ; et autres.
2. Cf. vers 68.

But that no merit strong enough of mine
Had yielded store to thy well-abled quill
Whereby t'enroll my name, as this of thine,
240 How s'ere enriched by thy plenteous skill.
Here, then, I offer up to memory
The value of my talent, precious man,
Whereby if thou live to posterity,
Though't be not as I would, 'tis as I can:

245 In minds from whence endeavor doth proceed,
A ready will is taken for the deed.
Yet ere I take my longest last farewell
From thee, fair mark of sorrow, let me frame
Some ampler work of thank, wherein to tell
250 What more thou didst deserve than in thy name,
And free thee from the scandal of such senses
As in the rancor of unhappy spleen
Measure thy course of life, with false pretenses

Comparing by thy death what thou hast been.
255 So in his ¹ mischiefs is the world accurs'd:
It picks out matter to inform the worst.
The willful blindness that hoodwinks the eyes
Of men enwrapped in an earthy veil
Makes them most ignorantly exercise

1. *His* : i.e., its.

N'était qu'aucun mérite assez puissant de mon côté
N'aurait fourni matière à ta plume habile
Pour inscrire mon nom comme ma plume inscrit le tien,
240 Si enrichie fût-elle par ton fécond talent.
Ici donc j'offre à la mémoire
Ce que vaut mon talent, homme précieux,
Par lequel si tu vis pour la postérité,
Si ce n'est pas comme je le voudrais, ce sera comme je le
peux :
245 Dans les esprits d'où sort la tentative,
La ferme volonté tient lieu de réussite.
Pourtant avant de prendre mon dernier et plus long adieu
De toi, juste cible du chagrin, je veux édifier
Une œuvre de gratitude plus ample, par laquelle exprimer
250 Ce que tu as mérité de plus que par ton nom,
Et t'affranchir de ces opinions injurieuses
Qui, dans la rancœur d'une morosité malheureuse,
Prennent mesure du cours de ta vie par de mensongères
allégations,
Considérant par ta mort ce que tu fus.
255 Ainsi dans ses [1] méfaits est le monde maudit :
Il recherche matière à dénoncer le pire.
L'aveuglement volontaire qui bande les yeux
Des hommes qu'enveloppe un voile terrestre
Les amène à se comporter de la façon la plus ignorante

---

1. Anglais *his*, qui à cette époque n'est le plus souvent pas distingué de *its*.

260 And yield to humor when it doth assail,
Whereby the candle and the body's light
Darkens the inward eyesight of the mind,
Presuming still it sees, even in the night
Of that same ignorance which makes them blind.
265 Hence conster they with corrupt commentaries,
Proceeding from a nature as corrupt,
The text of malice, which so often varies
As 'tis by seeming reason underpropp'd.
O, whither tends the lamentable spite
270 Of this world's teenful apprehension,
Which understands all things amiss, whose light
Shines not amidst the dark of their dissension?
True 'tis, this man, whiles yet he was a man,
Sooth'd not the current of besotted fashion
275 Nor could disgest[1], as some loose mimics can,

An empty sound of overweening passion,
So much to be made servant to the base
And sensual aptness of disunion'd vices
To purchase commendation by disgrace,
280 Whereto the world and heat of sin[2] entices.
But in a safer contemplation,

---

1. *Disgest* : 1. (to) stomach; 2. (to) bring slowly to a state of perfection.
2. *Heat of sin* : a phrase evidently borrowed from Ben Jonson's *Sejanus*, a play in which Shakespeare acted; here turned into a Shakespearean hendiadys with a singular verb: « the world and heat of sin entices ».

260 Et à céder à l'humeur qui les saisit,
De sorte que la chandelle et la lumière du corps
Enténèbrent l'œil intérieur de l'esprit,
Qui s'imagine voir encore, dans la nuit même
De cette ignorance qui les rend aveugles.
265 Ainsi interprètent-ils par des commentaires corrompus,
Issus d'une nature également corrompue,
Le texte du mal, qui aussi souvent varie
Qu'il est par une raison spécieuse soutenu.
Ô, où donc va la lamentable malveillance
270 De la fielleuse intelligence de ce monde,
Qui comprend de travers toutes choses, dont la lumière
Ne brille pas dans les ténèbres de leur dissension ?
C'est vrai, cet homme, tant qu'il était encore homme,
Ne flattait pas le cours de la mode stupide,
275 Ni ne savait perfectionner [1], comme le savent certains imi-
tateurs sans rigueur,
Le bruit vide d'une passion immodérée,
Destinée à si bien devenir servante de la vile
Et sensuelle inclination des vices en désaccord,
Qu'elle achète la louange au prix de l'opprobre
280 Où l'attirent le monde et l'ardeur du péché [2].
Non, dans une contemplation moins dangereuse,

---

1. Anglais *disgest* (*digest*), « digérer » au double sens de « endurer, supporter » et de
« mûrir, rendre parfait ».
2. Anglais *Whereto the world and heat of sin entices*, où le verbe est au singulier, car « le
monde et la chaleur du péché » est un hendiadys signifiant « la chaleur du monde et du
péché ». Cette expression est dans *Séjan*, tragédie de Ben Jonson dans laquelle Shakespeare
avait été acteur.

Secure in what he knew, he ever chose
The ready way to commendation,
By shunning all invitements strange, of those
285 Whose illness is, the necessary praise
Must wait upon their actions; only rare
In being rare in[1] shame (which strives to raise

Their name by doing what they do not care),
As if the free commission of their ill
290 Were even as boundless as their prompt desires;
Only like lords, like subjects to their will,

Which their fond dotage ever more admires.
He was not so: but in a serious awe,
Ruling the little ordered commonwealth
295 Of his own self, with honor to the law
That gave peace to his bread, bread to his health;
Which ever he maintain'd in sweet content
And pleasurable rest, wherein he joy'd
A monarchy of comfort's government,
300 Never until his last to be destroy'd.
For in the Vineyard[2] of heaven-favored learning
Where he was double-honor'd[3] in degree,
His observation and discreet discerning
Had taught him in both fortunes to be free;

1. *Rare... rare in* : extraordinary... devoid of.
2. *Vineyard* : Oxford University.
3. *Double-honored* : Peter received his B.A. in 1603, his M.A. in 1606.

En sûreté dans ce qu'il connaissait, il a toujours choisi
Le prompt chemin pour mériter la louange,
En fuyant toutes les séductions étrangères, venues de ceux
285 Pour qui le mal est que l'éloge nécessaire
Doit dépendre de leurs actions, et qui n'ont de rare
Que de connaître rarement la honte (laquelle cherche à élever
Leur nom en faisant ce dont ils n'ont nul besoin),
Comme si le libre accomplissement de leur mal
290 Était aussi illimité que leurs rapides désirs ;
Seulement semblables à de grands seigneurs, semblables à
des esclaves à l'égard de leurs appétits,
Auxquels leur folle stupidité se complaît toujours plus.
Lui n'était pas ainsi ; mais, plein de sérieux respect,
Il gouvernait la petite république ordonnée
295 De lui-même, honorant la loi
Qui donnait la paix à son pain, le pain à sa santé,
Laquelle il conservait dans un pur contentement
Et dans une douce quiétude, où il jouissait
D'une monarchie de gouvernement du bien-être,
300 Indestructible jusqu'à sa fin.
Car dans la Vigne du savoir [1] favorisé du ciel
Où il fut doublement honoré en grade universitaire [2],
Ses observations et son discernement judicieux
Lui avaient appris en l'une et l'autre fortune à être libre ;

1. Oxford.
2. Il avait reçu à Oxford le grade de bachelier ès arts et celui de maître ès arts

305 Whence now retir'd home, to a home indeed
The home of his condition and estate,
He well provided 'gainst the hand of need,
Whence young men sometime grow unfortunate;
His disposition, by the bonds of unity,
310 So fast'ned to his reason that it strove
With understanding's grave immunity
To purchase from all hearts a steady love;
Wherein not any one thing comprehends
Proportionable note of what he was,
315 Than that he was so constant to his friends
As he would no occasion overpass
Which might make known his unaffected care,
In all respects of trial, to unlock
His bosom and his store, which did declare
320 That Christ was his, and he was Friendship's Rock:
A Rock[1] of Friendship figured in his name,
Fore-shewing what he was, and what should be,
Most true presage; and he discharg'd the same
In every act of perfect amity–
325 Though in the complemental phrase of words

---

1. *Rock* : i.e., Peter (from Greek *Petros*). *A Rock of Friendship* is a pun on the name of « Peter », name of the apostle, and on the words that led Jesus-Christ to give him that name. « Thou are Peter and upon this rock will build my church » (Matthew, 16, 18). The ambiguity in verses 320-324 is a touch obscene. What does it, in fact, mean, one may well ask, that Peter « discharg'd [the Rock of Friendship] in every act of perfect amity » ? The word *discharge*, in English as is French, means « complete », « consumate »; just as the sexual connotation of the word *rock* could mean erected « penis ».

305 D'où revenu en son foyer, foyer en vérité,
Le foyer de sa condition et de son domaine,
Il s'assura contre la main du besoin,
Qui parfois fait le malheur des jeunes gens ;
Sa disposition était si unitairement liée
310 À sa raison qu'elle s'évertuait,
Avec le sérieux privilège de l'intelligence,
À acquérir en tous les cœurs un amour constant ;
En quoi il n'est rien qui exprime
Plus pleinement ce qu'il était
315 Que le fait qu'il était si fidèle à ses amis
Qu'il ne laissait passer aucune occasion
Qui puisse faire connaître son soin spontané,
En toute circonstance d'épreuve, d'ouvrir
Son cœur et sa fortune, manifestant ainsi
320 Que Christ était sa pierre, et que lui était la Pierre de l'Amitié,
Pierre solide[1] de l'Amitié figurée en son nom,
Symbole de ce qu'il était et de ce qu'il serait,
Présage très vrai ; et il s'en acquittait
En tous les actes de parfaite affection,
325 Bien qu'en façons cérémonieuses de parler

---

1. Anglais : *A Rock of Friendship*, jeu de mots sur le nom de « Peter », qui est celui de l'apôtre Pierre, et sur les mots par lesquels Jésus-Christ lui donna ce nom, « Tu es Pierre et sur cette pierre je bâtirai mon Église », en anglais *Thou art Peter and upon this rock I will build my church* (Matthieu, 16, 18). L'équivoque, dans les vers 320-324, frise le sous-entendu obscène. Qu'est-ce que cela signifie, a-t-on envie de demander, de dire que Peter « s'acquittait [de la Pierre de l'Amitié] en tous les actes de parfaite affection » ? Le mot traduit par « s'acquitter » est *discharge*, qui en anglais comme en français, avait aussi le sens d'« éjaculer » ; « parfaite » (*perfect*) en anglais comme en français signifie « achevée », « consommée » ; et peut-être au sens sexuel « pierre » (*rock*) pouvait signifier « pénis » (en érection).

He never was addicted to the vain [1]
Of boast, such as the common breath affords;
He was in use most fast, in tongue most plain,
Nor amongst all those virtues that forever
330 Adorn'd his reputation will be found
One greater than his Faith, which did persever,
Where once it was protested, alway sound.
Hence sprung the deadly fuel that reviv'd
The rage which wrought his end, for had he been
335 Slacker in love, he had been longer liv'd
And not oppress'd by wrath's unhappy sin—
By wrath's unhappy sin, which unadvis'd
Gave death for free good will, and wounds for love

Pity it was that [2] blood had not been priz'd
340 At higher rate, and reason set above
Most unjust choler, which untimely Drew
Destruction [3] on itself; and most unjust,
Robb'd virtue of a follower so true
As time can boast of, both for love and trust:
345 So henceforth all (great glory to his blood)
Shall be but seconds to him, being good.
The wicked end their honor with their sin

---

1. *Vain* : 1. vein; 2. vanity (cf. *Tro* 2.3.200, *MM* 2.4.12).
2. *That* : his.
3. *Drew* / Destruction : punning on the name of Peter's killer.

Il ne fût jamais adonné à la vide[1]
Vanité qu'offre le souffle commun ;
Il était en conduite très sûr, en langage très simple,
Et parmi toutes les vertus qui toujours
330 Ornaient sa réputation, on n'en trouvera pas
De plus haute que sa Fidélité, qui persévérait,
Là où une fois elle avait été affirmée, toujours solide
Et c'est ce qui nourrit le feu mortel qui ranima
La rage qui amena sa fin, car eût-il été
335 Plus négligent en amour, il eût vécu plus longtemps
Sans être accablé par le malheureux péché de colère -
Par le malheureux péché de colère qui sans réflexion
Rendit la mort pour la généreuse bienveillance, et les blessures pour l'amour.
Quelle tristesse que ce sang[2] n'ait pas été estimé
340 À plus haut prix, et la raison mise au-dessus
D'une colère des plus injuste, qui avant l'heure attira[3]
Sa propre perte ; et, d'une façon des plus injuste,
Dépouilla la vertu d'un disciple aussi fidèle
Que le temps en puisse montrer, par l'amour et la confiance
345 Aussi dorénavant tous (grande gloire pour son nom)
Ne seront que ses seconds, s'ils sont gens de bien
Des méchants l'honneur finira, avec leur péché,

---

1. Anglais *vain*, qui est à la fois *vain*, « vain » (vide, creux) et *vein*, « veine », « humeur, disposition d'esprit ». Ce double sens est dans Shakespeare, *Troilus et Cressida*, 2, 3, 200, et *Mesure pour mesure*, 2, 4, 12.
2. Le sang de William Peter.
3. Anglais *drew*, jeu de mots avec *Drew*, le nom du meurtrier.

In death, which only then the good begin.

Lo, here a lesson by experience taught [1]
350 For men whose pure simplicity hath drawn
Their trust to be betray'd by being caught
Within the snares of making truth a pawn;
Whiles it [2], not doubting whereinto it enters,

Without true proof and knowledge of a friend,
355 Sincere in singleness of heart, adventers
To give fit cause, ere love begin to end:

His unfeign'd friendship where it least was sought,
Him to a fatal timeless ruin brought;
Whereby the life that purity adorn'd
360 With real merit, by this sudden end
Is in the mouth of some in manners scorn'd,

Made questionable, for they do intend,
According to the tenor of the saw
Mistook (if not observ'd, writ long ago

365 When men were only led by Reason's law),

That « Such as is the end, the life proves so ».
Thus he, who to the universal lapse

1. *Taught* : i.e., is taught.
2. *It* : their trust.

114

Dans la mort, alors que pour les gens de bien il ne fait que commencer.

Voyez, c'est une leçon que l'expérience enseigne
350 Aux hommes dont la pure droiture a fait
Que leur confiance a été trahie en se laissant prendre
Dans les rets qui font de la vérité un instrument ;
Cependant que cette confiance, sans mesurer ce qu'on lui fait faire,
Sans mise à l'épreuve ni vraie connaissance de l'ami,
355 Dans l'honnête intégrité de son cœur, décide
De donner juste raison, avant que l'amour ne commence à finir :
Son amour sans feinte là où il était le moins recherché
Le conduisit à une fatale destruction prématurée,
Par quoi la vie qu'ornait de vrai mérite
360 La pureté, se trouve par cette fin soudaine
Dans la bouche de certains en quelque façon tournée en dérision,
Mise en doute, car ce qu'ils veulent dire,
Selon le sens du proverbe,
Compris de travers (sinon observé, écrit il y a longtemps
365 Quand les hommes n'étaient conduits que par la loi de la Raison),
Que « Telle est la fin, telle se révèle la vie ».
Ainsi celui qui de la chute universelle

Gave sweet redemption, off'ring up his blood
To conquer death by death, and loose the traps
370 Of hell [1], even in the triumph that it stood:
He thus, for that his guiltless life was spilt

By death, which was made subject to the curse,
Might in like manner be reprov'd of guilt
In his pure life, for that his end was worse.
375 But O far be it, our unholy lips
Should so profane the deity above
As thereby to ordain revenging whips
Against the day of Judgment and of Love.
The hand that lends us honor in our days
380 May shorten when it please, and justly take

Our honor from us many sundry ways,
As best becomes that wisdom did us make.
The second brother [2], who was next begot

Of all that ever were begotten yet,
385 Was by a hand in vengeance rude and hot
Sent innocent to be in heaven set–
Whose fame the angels in melodious quires [3]

---

1. *Traps / Of hell* : break open the gates; open up the snares; containing, perhaps, a suggestion that Christ provides a release from sinful ensnarements, including the poet's own attachment to the stage–a symbolic bursting of the trap-doors to the understage, called « Hell » (*OED* trap-door, trap, sb. 1; *hell,* sb. 5).
2. *Second brother* : Abel.
3. *Quires* : choirs (*OED* quire, sb. 2).

A donné le pur rachat, faisant offrande de son sang
Pour vaincre la mort par la mort, et défaire les lacets
370 De l'enfer [1], au moment même où celui-ci triomphait ;
Ainsi lui aussi, puisque sa vie innocente, rendue soumise à
la malédiction,
A été interrompue par la mort,
Pourrait de semblable façon se voir accusé de crime
Durant sa vie pure, puisque sa fin a été moins pure.
375 Mais, ô, n'allons pas de nos lèvres impies
Profaner la divinité d'en-haut
En ordonnant des fouets vengeurs
Pour le jour de Jugement et d'Amour.
La main qui nous octroie l'honneur en notre temps
380 A le droit de l'abréger quand il lui plaît, et de nous ôter
avec justice
Notre honneur de diverses façons,
Comme il convient à la sagesse qui nous créa.
Le second frère [2], le suivant engendré
De tous ceux qui jamais furent encore engendrés,
385 Fut par une main brutale et furieuse dans sa vengeance
Envoyé innocent siéger au ciel –
De sa gloire les anges en chœurs mélodieux

1. Jésus-Christ par sa mort a libéré l'humanité de la mort et de l'enfer. Il y a peut-être
une allusion cachée au fait que le poète s'est arraché à la fascination du théâtre, le mot *hell*
étant aussi le nom de l'espace placé sous la scène, et où on accédait par une « trappe »
(c'est le mot *trap* qu'emploie ici l'anglais).
2. Abel, le frère cadet injustement assassiné par son frère aîné Caïn.

Still witness to the world. Then why should he[1],

Well-profited in excellent desires,
390 Be more rebuk'd, who had like destiny?
Those saints before the everlasting throne
Who sit with crowns of glory on their heads,
Wash'd white in blood, from earth hence have not gone
All to their joys in quiet on their beds,
395 But tasted of the sour-bitter scourge
Of torture and affliction ere they gained
Those blessings which their sufferance did urge,
Whereby the grace fore-promis'd they attained.

Let then the false suggestions of the froward,

400 Building large castles in the empty air,
By suppositions fond and thoughts untoward
(Issues of discontent and sick despair)
Rebound gross arguments upon their heart
That may disprove their malice, and confound
405 Uncivil loose opinions which insert
Their souls into the roll[2] that doth unsound[3]
Betraying policies, and show their brains,
Unto their shame, ridiculous; whose scope
Is envy, whose endeavors fruitless pains,

1. *He* : Will Peter, who like Abel was a younger brother slain by a kinsman, though innocent.
2. *Roll* : Q roule (a frequent Jacobean spelling for both *roll* and *role*).
3 *Unsound* : 1. prove as unsound; 2. silence.

Témoignent encore au monde. Pourquoi donc faudrait-il que
lui [1],
Bien avancé en désirs vertueux,
390 Soit davantage blâmé, ayant même destin ?
Les saints qui devant le trône éternel
Sont assis la couronne glorieuse sur la tête,
Lavés tout blanc dans le sang, n'ont pas tous quitté la terre
Pour aller à leur joie tranquillement dans leur lit ;
395 Ils ont au contraire goûté le fouet amer et mordant
Des tortures et des afflictions avant d'atteindre
La bénédiction que leurs souffrances justifiaient
Et par lesquelles ils ont obtenu la grâce auparavant pro-
mise.
Que donc les mensongères insinuations des esprits cha-
grins,
400 Qui édifient sans fondements de vastes châteaux en l'air
Par des hypothèses sottes et des pensées ineptes
(Fruits de l'aigreur et d'un morbide désespoir),
Rejaillissent en arguments solides sur leur cœur
Pour réfuter leur méchanceté, et confondre
405 Les grossières et immorales opinions qui inscrivent
Leurs âmes dans le registre [2] qui réduit au silence [3]
Les machinations traîtresses, et qui montre, à leur honte,
L'absurdité de leur cervelle ; leur horizon,
C'est l'envie ; leurs efforts sont des soins futiles,

1. William Peter, comparé à Abel.
2. Anglais *roule*, autre graphie de *roll*.
3. *Unsound* : 1. stupide ; 2. silencieux.

410 In nothing surely prosperous, but hope–
And that same hope, so lame, so unprevailing,
It buries self-conceit in weak opinion;

Which being cross'd, gives matter of bewailing
Their vain designs, on whom[1] want hath dominion.
415 Such, and of such condition, may devise
Which way to wound with defamation's spirit
(Close-lurking whisper's hidden forgeries)
His taintless goodness, his desertful merit.
But whiles the minds of men can judge sincerely,
420 Upon assured knowledge, his repute
And estimation shall be rumor'd clearly
In equal worth – time shall to time renew 't.
The Grave – that in his ever-empty womb

Forever closes up the unrespected
425 Who, when they die, die all – shall not entomb
His pleading best perfections as neglected.

They to his notice in succeeding years
Shall speak for him when he shall lie below;

When nothing but his memory appears
430 Of what he was, then shall his virtues grow.

1. *Whom* : i.e., which (an instance of « Shakespearean *who* »; again at 516, 520, 563).

410 Sans aucun succès certain qu'en espérance –
Et cet espoir même, si fragile, si déçu,
Qu'il ensevelit leur présomption dans la faiblesse de leurs
suppositions ;
Et celles-ci, frustrées, leur donnent cause de déplorer
Leurs vains desseins, dont [1] la pénurie est maîtresse.
415 Ces gens-là, et de telle condition, peuvent bien inventer
Une façon de blesser par l'esprit de la diffamation
(Calomnies qui rôdent, chuchotées en secret)
Sa vertu sans tache, son mérite bien fondé.
Mais tant que l'esprit humain saura juger sincèrement,
420 Sur des connaissances assurées, son honneur
Et sa réputation seront clairement considérés
Comme d'égale valeur – chaque époque à chaque époque la
fera revivre.
La tombe, qui en son sein toujours vide
Enferme à jamais ceux qui sont oubliés,
425 Qui, en mourant, meurent tout entiers, n'enterrera pas
Les hautes perfections qui, comme abandonnées, sollicitent
pour lui.
Pour le faire remarquer, dans la succession des années,
Elles parleront pour lui quand il reposera sous terre ;
Quand, seule de ce qu'il fut,
430 Sa mémoire sera connue, alors ses vertus grandiront.

---

1. Q *whom* (anglais moderne *which*), comme aux vers 516, 520, 563. Cela est fréquent
dans Shakespeare et à cette époque.

His being but a private man in rank
(And yet not rank'd beneath a gentleman)
Shall not abridge the commendable thank
Which wise posterity shall give him then;
435 For Nature, and his therein happy Fate,
Ordain'd that by his quality of mind
T' ennoble that best part, although his state

Were to a lower blessedness confin'd.
Blood, pomp, state, honor, glory and command,

440 Without fit ornaments of disposition,
Are in themselves but heathenish and [profan'd [1]],
And much more peaceful is a mean condition
Which, underneath the roof of safe content,
Feeds on the bread of rest, and takes delight
445 To look upon the labors it hath spent
For its own sustenance, both day and night;
Whiles others, plotting which way to be great,
How to augment their portion and ambition,
Do toil their giddy brains, and ever sweat
450 For popular applause and power's commission.
But one in honors, like a seeled dove [2]

1. *Profan'd* : Q prophane.
2. *Seeled dove* : in falconry, a pigeon with its eyes stitched shut so as to make it climb
higher; cf. Sidney's *Arcadia*, « a seeled Dove, who, the blinder she was, the higher she
strave » (*Arc.* 1.15).

Qu'il n'ait eu rang que de simple particulier
(Point au-dessous pourtant du rang de gentilhomme)
Ne diminuera pas la louable estime
Que la postérité dans sa sagesse lui accordera alors ;
435 Car la Nature, et son Sort en ceci heureux,
L'ont ainsi ordonné par la qualité de son esprit
Pour ennoblir cette partie la meilleure, quand bien même sa condition
Serait à une moindre félicité restreinte.
La race, le faste, l'apparat, les honneurs, la gloire et la puissance,
440 Sans les ornements appropriés du caractère,
Ne sont en soi que choses païennes et impies [1],
Et bien plus paisible est une situation basse
Qui, sous le toit sûr du contentement,
Mange le pain du repos, et fait ses délices
445 De contempler les travaux qu'il a accomplis
Pour sa subsistance, de jour et de nuit,
Tandis que d'autres, calculant de quelle façon s'agrandir,
Comment accroître leur portion et leur ambition,
Tracassent leur cervelle étourdie, et sans cesse s'échinent
450 À se faire applaudir et donner du pouvoir.
Mais celui qui est dans les honneurs, comme un pigeon cillé [2],

---

1. Q *prophane*. Voir « Note sur le texte », p. 78.
2. En termes de fauconnerie, l'oiseau dont les paupières ont été cousues au cours du dressage pour l'inciter à monter très haut. L'image est dans Philip Sidney, *Arcadia*, 1, 15, « un pigeon cillé qui, plus il est aveugle, plus haut il monte ».

Whose inward eyes are dimm'd with dignity,
Does think most safety doth remain above
And seeks to be secure by mounting high:
455 Whence, when he falls, who did erewhile aspire,
Falls deeper down, for that he climbed higher.
Now men who in a lower region live
Exempt from danger of authority
Have fittest times in Reason's rules to thrive,

460 Not vex'd with envy of priority,
And those are much more noble in the mind
Than many that have nobleness by kind.
Birth, blood, and ancestors, are none of ours,
Nor can we make a proper challenge to them,
465 But virtues and perfections in our powers
Proceed most truly from us, if we do them.

Respective titles or a gracious style,
With all what men in eminence possess,
Are, without ornaments to praise them, vile:
470 The beauty of the mind is nobleness.
And such as have that beauty, well deserve
Eternal characters, that after death
Remembrance of their worth we may preserve
So that their glory die not with their breath.
475 Else what avails it in a goodly strife
Upon this face of earth here to contend,
The good t'exceed the wicked in their life,

Les yeux intérieurs obscurcis par sa dignité,
Pense que la plus grande sécurité est dans l'altitude
Et cherche la sûreté en montant haut ;
455 Et quand il en tombe, lui qui l'instant d'avant montait,
Tombe d'autant plus profond qu'il était grimpé plus haut.
Or les hommes qui habitent les régions plus basses,
Abrités des dangers du pouvoir,
Ont les meilleures occasions de prospérer selon les lois de
la Raison,
460 Sans être tourmentés par la jalousie des rangs.
Et ceux-là sont bien plus nobles d'esprit
Que beaucoup qui ont la noblesse de race.
La naissance, le sang, et les ancêtres, ne sont pas à nous,
Et nous ne pouvons pas à juste titre y prétendre,
465 Mais les vertus et les excellences qui sont en notre pouvoir,
Cela vient véritablement de nous, si nous les accom-
plissons.
Les titres de respect ou les appellations honorifiques
Et tout ce qui appartient aux gens de haut rang
Sont choses viles s'il n'y a rien de plus à leur louange :
470 La noblesse, c'est la beauté de l'esprit.
Et ceux qui ont cette beauté, ceux-là méritent vraiment
D'éternels monuments, afin qu'après leur mort
Nous conservions le souvenir de leur valeur,
De sorte que leur gloire ne meure pas avec leur souffle.
475 Sinon à quoi sert-il en un beau combat
Sur la face de notre terre de lutter
Pour que les bons dépassent les méchants en leur vie,

Should both be like obscured in their end?
Until which end, there is none rightly can
480 Be termed happy, since the happiness
Depends upon the goodness of the man,
Which afterwards his praises will express.
Look hither then, you that enjoy the youth
Of your best days, and see how unexpected
485 Death can betray your jollity to ruth
When death you think is least to be respected!
The person of this model here set out
Had all that youth and happy days could give him,

Yet could not all-encompass him about
490 Against th'assault of death, who to relieve him
Strook home but to the frail and mortal parts
Of his humanity, but could not touch
His flourishing and fair long-liv'd deserts,
Above fate's reach, his singleness was such–
495 So that he dies but once, but doubly lives,
Once in his proper self, then in his name;
Predestinated Time, who all deprives,
Could never yet deprive him of the same.
And had the Genius [1] which attended on him
500 Been possibilited to keep him safe
Against the rigor that hath overgone him,

1. *Genius* : tutelary god or attendant spirit; possibly also the poet himself as Peter's attendant friend (cf. lines 541 ff.).

Si les uns et les autres sont également oubliés en leur fin ?
Jusqu'à cette fin, nul ne peut à juste titre
480 Être appelé heureux, puisque le bonheur
Dépend de l'excellence de celui
Qui plus tard exprimera ses louanges.
Regardez donc par ici, vous qui jouissez de la jeunesse
De vos meilleurs jours, et voyez comme à l'improviste
485 La mort peut transformer votre gaieté en douleur
Au moment où vous croyez la mort le moins à considérer !
La personne du modèle ici présenté
Avait tout ce que la jeunesse et les jours heureux pouvaient
lui donner,
Et pourtant ils ne pouvaient l'envelopper complètement
490 Contre l'agression de la mort, qui pour l'épargner
Ne porta son coup que sur les parties chétives et mortelles
De son humanité, sans pouvoir toucher
Ses beaux mérites florissants et vivaces,
Hors de portée du destin, telle était sa droiture –
495 De sorte qu'il ne meurt qu'une fois, mais vit doublement
Une fois en lui-même, puis par son nom ;
Le Temps préordonné, qui enlève tout,
Ne put jamais lui enlever cela.
Et si le Génie [1] qui l'assistait
500 Avait eu la possibilité de le garder sauf
De cette rigueur qui l'a saisi,

---

[1] Génie tutélaire ; peut-être aussi le poète lui-même, voir vers 541 sqq.

He had been to the public use a staff,
Leading by his example in the path
Which guides to doing well, wherein so few
505 The proneness of this age to error hath
Informed rightly in the courses true.
As then the loss of one, whose inclination
Strove to win love in general, is sad,

So specially his friends, in soft compassion
510 Do feel the greatest loss they could have had.
Amongst them all, she who those nine of years[1]
Liv'd fellow to his counsels and his bed[2]
Hath the most share in loss: for I in hers
Feel what distemperature[3] this chance hath bred.
515 The chaste embracements of conjugal love,
Who[4] in a mutual harmony consent,
Are so impatient of a strange remove
As meager death itself seems to lament,
And weep upon those cheeks which nature fram'd
520 To be delightful orbs in whom[5] the force
Of lively sweetness plays, so that asham'd

---

1. *Nine of years* : a puzzle; if this line refers to Peter's wife, Margaret Brewton, then *nine* is a misprint for *three*; but there was possibly another woman with whom Peter had a relationship during his nine years away from home.
2. *Liv'd... bed* : cf. John Ford, *Funeral Poem* for Charles Blount (1606): « So mayest thou, knightly youth, who wert his friend, / Companion to his chamber and his bed,... ».
3. *Distemperature* : distempered condition; perhaps also, ironically, loss of heat.
4. *Who* : i.e., which.
5 *Whom* : i.e., which

Il eût été pour tous un soutien,
Guide par son exemple sur le chemin
Qui conduit à bien faire, et où si rares
505 Sont ceux que l'inclination de notre siècle à l'erreur
A justement instruits des conduites probes.
Ainsi, comme la perte de quelqu'un, dont le penchant
Était par ses efforts de gagner l'amour de tous, est doulou
reuse,
De même ses amis particulièrement, en tendre affliction
510 Ressentent la plus grande perte qui pouvait leur arriver.
Entre tous, celle qui depuis neuf ans [1]
Partageait ses pensées et son lit [2]
A la plus grande part de perte ; car moi-même en sa perte
Je ressens le désordre [3] que cet événement a produit.
515 Les chastes embrassements de l'amour conjugal,
Qui en une mutuelle harmonie s'accordent,
Supportent si mal un éloignement inhabituel
Que la mort décharnée elle-même semble se lamenter
Et pleurer sur ces joues que la nature a formées
520 Pour être des globes délicieux où la force
De la douceur animée joue, de sorte que remplie de honte

1. Ceci est une des difficultés du texte. S'il s'agit de la femme de William Peter, Margaret Brewton, il faut considérer que c'est une faute d'impression pour « trois », mais peut-être s'agit-il d'une maîtresse qu'il eut avant son mariage. Voir Introduction, p. 58.
2. Cf. John Ford, *Funeral Poem* en l'honneur de Charles Blount (1606) : « Puisses-tu toi aussi, chevaleresque jeune homme qui fus son ami, compagnon de sa chambre et de son lit... »
3. Anglais *distemperature*, terme ordinaire de la physiologie de l'époque pour désigner un déséquilibre des humeurs et par extension tout dérangement de l'ordre naturel. Peut-être y a-t-il aussi une allusion à l'absence de la bénéfique chaleur vitale que la même physiologie croyait être communiquée par l'homme à la femme dans l'acte sexuel.

Death often pities his unkind divorce.

Such was the separation here constrain'd
(Well-worthy to be termed a rudeness [1] rather),
525 For in his life his love was so unfeign'd
As he was both an husband and a father–
The one in firm affection and the other
In careful providence, which ever strove
With joint assistance to grace one another
530 With every helpful furtherance of love.
But since the sum of all that can be said
Can be but said that « He was good » (which wholly

Includes all excellence can be [2] display'd
In praise of virtue and reproach of folly).
535 His due deserts, this sentence on him gives,
« He died in life, yet in his death he lives. »
Now runs the method of this doleful song
In accents brief to thee, O thou deceas'd!
To whom those pains do only all belong
540 As witnesses I did not love thee least.

For could my worthless brain find out but how

To raise thee from the sepulcher of dust,

---

1. *Rudeness* : unruliness; perhaps also with a strained pun on « term'd Drew'dness ».
2. *Can be* : i.e., that can be.

La mort prend souvent pitié de la rupture cruelle qu'elle inflige.

Telle fut la séparation ici imposée
(Bien digne d'être appelée plutôt brutalité [1]),
525 Car en sa vie il aimait d'un amour si sincère
Qu'il était à la fois un mari et un père –
L'un en constante affection et l'autre
En soin attentif, qui toujours rivalisaient
D'un secours commun pour s'embellir réciproquement
530 De tout ce qui aide et fait progresser l'amour.

Mais puisque la somme de tout ce qu'on peut dire
Ne peut être que de dire « Il était homme de bien » (ce qui entièrement
Inclut toute excellence qui peut se montrer
Pour louer la vertu et blâmer la folie),
535 À ses vrais mérites, cette phrase rend justice :
« Il mourut vivant, et pourtant mort il vit. »
Voici maintenant le mode de mon triste chant
Que je t'adresse en courts accents, ô toi qui es défunt !
À qui toutes mes peines ne se rapportent
540 Que comme témoignages que ce n'était pas moi qui te portais le moins d'amour.

Car si ma misérable cervelle pouvait seulement trouver une façon
De t'arracher à la poussière du tombeau,

---

1. *To be termed a rudeness rather.* Il serait sans doute forcé de voir un jeu de mots dans le fait que, en amuïssant l'article indéfini, la syllabe « termeld ruldeness » se prononcerait comme « Drew ».

Undoubtedly thou shouldst have partage now
Of life with me, and heaven be counted just
545 If to a supplicating soul it would
Give life anew[1], by giving life again[2]
Where life is miss'd; whereby discomfort should
Right his old griefs, and former joys retain
Which now with thee are leap'd into thy tomb[3]
550 And buried in that hollow vault of woe,
Expecting yet a more severer doom
Than time's strict flinty hand will let 'em know.

And now if I have level'd mine account
And reckon'd up in a true measured score
555 Those perfect graces which were ever wont
To wait on thee alive, I ask no more

(But shall hereafter in a poor content[4]
Immure those imputations I sustain,
Learning my days of youth so to prevent
560 As not to be cast down by them again)—
Only those hopes which fate denies to grant
In full possession to a captive heart
Who[5], if it[6] were in plenty, still would want

1. *Give life anew* : i.e., to the poet.
2. *Giving life again* : i.e., to the deceased.
3. *Leap'd... tomb* : cf. *Ham.* 5.1.250-3.
4. *Content* : 1. satisfaction; 2. matter contained in writing.
5. *Who* : a captive heart.
6. *It* : hopes [*sic*].

Nul doute que tu aurais part maintenant
À la vie avec moi, et qu'on jugerait le ciel juste
545 Si à une âme suppliante il voulait bien
Donner vie nouvelle en redonnant vie
À qui manque la vie [1] ; par quoi l'affliction corrigerait
Ses anciennes peines, et garderait ses précédentes joies
Qui maintenant avec toi ont sauté dans la tombe [2]
550 Et sont ensevelies dans ce caveau creux de douleur,
En attendant un sort encore plus sévère
Que la main rigoureusement impitoyable du temps ne leur
en laissera connaître.
Et maintenant, si j'ai équilibré mon compte
Et calculé en un dénombrement fidèlement exact
555 Ces grâces parfaites qui toujours
De ton vivant t'accompagnaient, je ne demande pas davan-
tage –
(Et dorénavant j'enfermerai
En un pauvre contentement [3] les accusations que je reçois,
Apprenant à armer d'avance les jours de ma jeunesse
560 Pour n'être pas par celles-ci de nouveau accablé) –
Que ces espérances que le sort ne veut pas accorder
En pleine possession à un cœur captif
Qui, même au sein de l'abondance [4], serait encore dans le
besoin

1. C'est-à-dire « donner vie nouvelle [au poète] en redonnant vie [à celui qui a été assas
siné] ».
2. Cf. *Hamlet*, 5, 1, 250-253.
3. Anglais *content*, à la fois « contentement », le fait de se contenter de, et « contenu »,
ce qui est écrit.
4. Anglais *if it were in plenty* · on doit comprendre que *it* renvoie au pluriel *hopes*.

Before it [1] may enjoy his better part;
565 From which detain'd, and banish'd in th' exile
Of dim misfortune, has none other prop
Whereon to lean and rest itself the while
But the weak comfort of the hapless, Hope.
And Hope must in despite of fearful change
570 Play in the strongest closet [2] of my breast,
Although perhaps I ignorantly range
And court opinion in my deep'st unrest.
But whether doth [3] the stream of my mischance
Drive me beyond myself, fast friend, soon lost,
575 Long may thy worthiness thy name advance
Amongst the virtuous and deserving most,
Who [4] herein hast forever happy prov'd:
In life thou liv'dst, in death thou died'st belov'd.

FINIS

1. *It* : heart.
2. *Closet* : 1. chamber (as for a private theatrical performance of « Hope »); 2. strongbox for valuables.
3. *Whether doth* : 1. even if; 2. whither.
4. *Who* : thou who.

Avant de pouvoir jouir de son meilleur bien ;
565 En étant tenu écarté, et réduit à l'exil
Du sombre malheur, il n'a pas d'autre soutien
Où s'appuyer et prendre un instant de repos
Que le faible réconfort des infortunés, l'Espérance.
Et il faut que l'Espérance, malgré le terrible changement,
570 Règne dans le recoin [1] le plus fort de mon sein,
Bien que peut-être j'erre dans l'ignorance
Et cherche la faveur publique dans mon profond malaise.
Mais que [2] le flot de mon adversité
M'entraîne ou non hors de moi-même, fidèle ami, tôt perdu,
575 Longtemps puisse ta valeur favoriser ton nom
Surtout parmi les vertueux et les méritants,
Toi qui en ceci as toujours été heureux :
Aimé tu as vécu, aimé tu es mort.

1. Anglais *closet*, « cabinet », pièce retirée et privée pour l'étude ou la prière ou pour y resserrer des objets précieux, ou pour une représentation théâtrale en chambre, puisque le mot ici traduit par « règne » est *plays*, qui signifie « joue ».
2. Anglais *whether*, avec peut-être une équivoque avec *whither*, « en quelque endroit que [m'entraîne] ».

Cet ouvrage a été réalisé par la
SOCIÉTÉ NOUVELLE FIRMIN-DIDOT
Mesnil-sur-l'Estrée
pour le compte des Éditions Stock
en juin 1996

Imprimé en France
Dépôt légal : juin 1996
N° d'édition : 54-06-4628-01/1 - N° d'impression : 34939
ISBN : 2-234-04628-9